Van Yvonne Kroonenberg verschenen eerder:

Alles went behalve een vent
Alle mannen willen maar één ding
Nog één man om het af te leren (verzamelbundel)
Zij houdt van hem. Hij ook

Yvonne Kroonenberg

Het zit op de bank en het zapt
Kan ik hem nog ruilen?

PANDORA

Pandora Pockets maken deel uit van Uitgeverij Contact

Omslagontwerp: Jos Peters
Auteursfoto: Ronald Hoeben
NUGI 351
ISBN 90 254 1841 4

Inhoud

HET ZIT OP DE BANK EN HET ZAPT

KAN IK HEM NOG RUILEN?

HET ZIT OP DE BANK EN HET ZAPT

Een lekke band

Vergeleken met mijn zus was ik vroeger een tutje. Toen zij allang wist dat je je haar kon touperen en lippenstift opdoen en dat je dan sjans kreeg, liet ik een rattenkop knippen, omdat mijn moeder dat leuk vond staan. Terwijl zij op basketbal ging, om bij de wedstrijden van de jongens het scorebord bij te mogen houden, knutselde ik van een schoenendoos een groentewinkel en knipte sinaasappels uit oranje karton.

Ik kwam pas veel later achter de macht van vrouwen.

Ik ontdekte dat je de bus vlak voor je neus kon laten stoppen door de buschauffeur aan te kijken terwijl hij de halte naderde. Ik merkte dat je in een menigte kon voordringen alleen door zachtjes 'pardon' te zeggen, en dat mannen vrijwel alles voor je doen als je lief naar ze kijkt.

Het mocht alleen niet. De vrouwenstrijd was in volle gang en het laatste waar een feministe zich schuldig aan maakte was onderdanig geflikflooi met mannen.

Ik weet niet of ik wel een goede feministe ben. Ik laat nogal wat steken vallen.

Laatst werd er gebeld, terwijl ik stond te strijken. Ik deed open en hoorde mijn zuster de trap op komen. In de deuropening bleef ze stokstijf staan en stak een beschuldigende vinger uit naar het overhemd dat klaarlag op de strijkplank.

'Wat doe jij nou!' riep ze uit.

'Ik strijk een overhemd,' antwoordde ik schaapachtig.

'Waarom doet die vent van jou dat niet zelf?' vroeg ze.

Ik legde haar uit dat hij dat niet kan. Een enkele keer doet hij het. Over een klein wasmandje doet hij vierenhalf uur. Het levert een keurige stapel gestreken sokken, zakdoeken en onderbroeken op. En ruzie, omdat ik zeg dat hij geen onderbroeken hoeft te strijken en hij zweert bij zijn Eigen Methode.

Ik ken vrijwel geen mannen, behalve Wim Kok, die kunnen strijken of willen kunnen strijken. Het zou een mooie overwinning zijn als daar eens verandering in kwam, maar ik raak al buiten adem als ik denk aan de oorlog die je ervoor moet voeren.

Ik hoorde een verhaal over een vrouw die stewardess is. Zij kwam eens terug van een lange vlucht en trof haar man in de woonkamer bij de televisie aan, terwijl in de keuken op het aanrecht een reusachtige berg afwas stond. Ze aarzelde niet en kieperde de hele vaat op straat. Ik moest daar erg om lachen, maar ik denk niet dat haar man of haar huwelijk door haar kordate optreden is veranderd. Mannen zijn nogal standvastig in hun eigenaardigheden.

Soms is dat een voordeel. Ik reed laatst met een vriendin mee in haar auto. We hadden boodschappen gedaan en wilden wegrijden, toen we iets akeligs hoorden:

een lekke band. Zij ging meteen op zoek naar de krik en de moersleutel, maar ik tuurde de straat af. Er zou toch zeker wel een man zijn die ons kon helpen? Voor geen prijs ga ik onder een auto liggen, ik ben zelfs niet bereid een vieze reserveband uit het reservebandenvak te tillen, als ik dat ding al kan vinden. Maar een man vond ik binnen een minuut. Hij kwam uit het huis tegenover onze auto. Hij had brede schouders en lichtblauwe ogen. Een jaar of dertig schatte ik hem. Hij had ons al gezien, zei hij. Mijn vriendin maakte nog een paar geëmancipeerde bewegingen met de krik, maar hij schoof haar opzij en ging aan het werk.

Het was een zwaar karwei. De moeren wilden niet meegeven en het zweet van de man druppelde op de grond.

'Tjee, wat ben jij sterk!' prees ik.

Mijn vriendin keek me met walging aan, maar ik deed net of ik haar niet zag.

'Ik had die moeren nooit losgekregen,' zei ik.

De man glimlachte en wees in de richting van de bestuurdersplaats.

'Kunnen jullie even op de rem trappen?'

Ik dartelde er meteen op af.

'Zo goed?' vroeg ik.

'Ja hoor!' riep hij.

Toen de lekke band was vervangen en de jongeman verdwenen, luchtte mijn vriendin haar hart.

'Je was weerzinwekkend!' zei ze.

Ik knikte instemmend. 'Ik hou niet van vieze handen,' antwoordde ik, 'en die man vond het niet erg. Hij werd als het ware naar de krik toe getrokken. Hij kon ons onmogelijk laten staan.'

'Je probeerde het niet eens!' verweet mijn vriendin.

'Nee,' zei ik, 'ik strijk liever overhemden.'

We reden de straat uit en sloegen bij het stoplicht rechtsaf. Ze zweeg grimmig. Pas toen we op de grote weg waren, wilde ze weer met me praten.

'Weet je wel dat het heel ongeëmancipeerd is wat jij daarnet zei?' vroeg ze bestraffend.

'Jawel,' gaf ik toe, 'maar ik wil ook weleens plezier van de ongelijkheid hebben. Mannen helpen nu eenmaal liever met een kapotte auto dan met een schone dekbedhoes. Daar sta ik altijd in mijn eentje mee te hannesen. Maar als ik het oliepeil van mijn auto wil nakijken, duwt hij me opzij. Het mannelijk hormoon werkt op wielen.'

Ze knikte: 'Ik heb eens langs de grote weg gestaan met een oververhitte motor,' zei ze. 'Er was onmiddellijk een man bij. Hij sprong uit de auto en voor ik het wist hing ik aan een sleepkabel. Hij reed keihard met me weg en ik kon er niets tegen doen. Sindsdien wil ik alles zelf kunnen. Ik heb een hekel aan vrouwen die hulpeloos doen.'

Ze vertelde dat ze eens een vrouw had gezien die op een kruispunt pech kreeg: 'Ze bleef gewoon in de auto zitten. Ze deed niet eens moeite om hulp te zoeken of te kijken wat er aan de hand was.'

Zo'n verhaal had ik al eerder gehoord, van een politieagent. Die vertelde dat vrouwen bij aanrijdingen ook vaak in hun auto blijven zitten tot er iemand komt.

Daar hoeven ze meestal niet lang op te wachten. Nog voor de politie of de ziekenauto ter plaatse is, zwaait het portier al open: een man.

Ik weet dat het niet deugt, maar ik kan het niet laten gebruik te maken van de hulpvaardigheid van mannen. Laatst kwam ik thuis met een grote zak potgrond. Mijn buurjongetje is pas negen, maar ik probeerde het toch: 'Ach Robbie, ik krijg die zware zak nooit naar boven gesjouwd. Zou jij me misschien even kunnen helpen?'

Hij griste de zak onmiddellijk uit mijn handen, hees hem op zijn tengere schouders en klom ermee de trap op. Ik keek hem bewonderend na. Je kunt er niet vroeg genoeg mee beginnen.

Voor Paul

Toen ik verliefd werd op Paul, besloot ik hem een liefdesbrief te schrijven. Een brief die zijn weerga niet had moest het worden, want mijn hart liep over en schrijven kon ik als de beste, dat dacht ik tenminste. Het werd niks.

In boze brieven ben ik goed en in brieven die nergens over gaan, maar van deze brief bracht ik niets terecht. Ik zat maar te tobben en kwam niet verder dan de aanhef. Die klonk trouwens weinig hartstochtelijk, je zou niet zeggen dat je met een liefdesbrief te doen had als je dat las: Voor Paul.

Alle andere mogelijkheden, lieve, twee keer lieve, liefste, allerliefste, mijn allerliefste, had ik al overwogen en verworpen. Platgetreden paden zijn minder gemakkelijk begaanbaar dan je zou verwachten.

Het komt door de schaamte. Liefdesbrieven worden al gauw potsierlijk.

Vroeger dacht ik daar anders over. Toen ik zes was, onderhield ik een vurige correspondentie met een leeftijdgenoot. We maakten tekeningen voor elkaar en ik schreef brieven die geadresseerd waren met: Alleen Voor Wim!

Die spontaneïteit was snel voorbij. Ik kan me niet herinneren dat ik na mijn zesde nog een liefdesbrief heb geschreven. Ik heb ze wel ontvangen. Meestal richtten ze veel schade aan.

'Ik mis je verschrikkelijk,' schreef Lex, ''s nachts klem ik mijn kussen in mijn armen en stel me voor dat jij het bent. Ik voel je borsten, ik dring diep in je en hoor jouw gekreun wanneer mijn zaad tegen jouw baarmoeder spuit.'

'Nee toch zeker!' dacht ik toen ik dat las. 'Wat is die man daar met dat kussen aan het doen?!'

Later was er Henk. Ik hield veel van Henk, maar op een dag was het voorbij. Hij kon niet tegen drank, hij werd er gewelddadig van. Na drie mishandelingen vertelde ik Henk dat ik hem nooit meer wilde zien. Dat leverde een onafzienbare stroom liefdesbrieven op. De eerste las ik nog, omdat ik genoegdoening wilde voor de vernedering, maar na verloop van tijd schoof ik ze ongelezen terzijde. Ik geloof dat Henk wist dat ik ze niet meer las, want hij begon de enveloppen van mededelingen te voorzien. Hij schreef ze helemaal vol, hij verhaspelde mijn naam op tientallen manieren: Yvonneke, Ypelepy, mijn lief Yfje.

Ik staarde naar Pauls naam boven aan de lege bladzij. Wat tevoren een onbetekenende voornaam was, bracht nu een lawine in beweging. Maar het waren niet de mooiste gevoelens die naar beneden kwamen suizen. Behalve hartstocht zag ik afgunst en egoïsme. Ik wilde natuurlijk niets liever dan Paul gelukkig zien, maar dat moest dan wel door mijn toedoen zijn, niet door een andere vrouw. Wat dat betreft zat ik er met 'Mijn liefste Paul' niet zo ver naast. Als ik dat opschreef, hoefde hij zich in ieder geval niet meer af te vragen wie zich als zijn rechtmatige eigenares beschouwde.

Liefdesbrieven zijn niet altijd even sympathiek.

Ik ken een echtpaar waarvan de vrouw op een saai kantoor werkt. Dat is heel zielig voor haar, want vroeger had ze een spannend leven. Ze zat voor Ontwikkelingssamenwerking in Afrika, maar dat heeft niet lang geduurd. Iedere week ontving ze een brandbrief uit Rotterdam, van haar man, die zijn liefde betuigde en haar smeekte terug te komen omdat hij niet gelukkig was zonder haar. Zij schreef hem terug dat ze hem ook erg miste, maar dat ze dit werk graag nog wat langer zou doen. Over een paar weken kwam ze met verlof naar huis, zo lang zou hij het toch nog wel uithouden? Maar haar man was onverbiddelijk. Zijn brieven kregen allengs een dreigende toon: als ze niet snel maakte dat ze thuiskwam, zou hij vreemd gaan en niet zo zuinig ook! Hij zat al achter de vrouwen aan, dus er was haast bij. Zijn brieven ondertekende hij met 'Hans-sjans'.

Zo'n liefdesbrief wilde ik niet schrijven, mijn brief moest een uitnodiging zijn, geen dwangbevel.

Om mij beter te documenteren vroeg ik aan een vriendin die alles al heeft meegemaakt of ze weleens een liefdesbrief had gekregen. 'O ja hoor,' zei ze, 'bakkenvol! En gedichten ook.'

Ze rommelde wat in haar bureaula en legde een grote envelop voor me neer. Ik begon met de gedichten.

Geuren van verlangen
tranen van verdriet.

verdriet door verlangen,
houden van!

dichtte haar minnaar.

Ik legde de poëzie terzijde.

'Heb je er iets aan?' vroeg ze.

'Ja,' zei ik, 'ik denk dat ik maar geen gedicht zal schrijven.'

'Dan schrijf je toch een gewone liefdesbrief! Kijk, hier zijn de brieven die ik aan Jaap heb geschreven.'

Ze schoof me een map met computerprints toe.

'Zijn dat liefdesbrieven?' vroeg ik met opgetrokken neus.

Ze knikte.

'Het zijn kopieën,' legde ze uit. 'Ik tikte ze eerst op de computer. Later schreef ik ze over. Ze zijn best goed, al zeg ik het zelf.'

Ik las een paar bladzijden. Het waren geen brieven, eerder een reportage. Ze beschreef de gesprekken die Jaap en zij hadden gevoerd: 'Je zei dat je als jongetje graag bouwvakker wilde worden, dat je met je vader op zondag langs de bouwputten in de buurt wandelde.'

Ik keek verbaasd op.

'Dat wist Jaap zelf toch ook wel?' vroeg ik.

Mijn vriendin haalde haar schouders op.

'Zo had hij alles nog eens op schrift,' zei ze. 'Kijk, ze liggen op volgorde, ik heb ze genummerd. Hier is de Jaap-12, die vind ik zelf heel mooi. Daarin vertel ik hem wat hij zei over onze liefde.'

'Weet Jaap dat hij op volgorde ligt?'

'Welnee! Hij weet niet eens dat er een computerversie bestaat. Ik maakte expres een paar verbeteringen in de handgeschreven brief, zodat hij dacht dat ik die dingen ter plekke verzon. Ik spoot er ook parfum over, omwille van de romantiek, en ik deed rozenblaadjes in de envelop en doormidden geknipte dingen.'

'Wat voor dingen?' vroeg ik verbouwereerd.

'Een halve foto van de Eiffeltoren of een halve postzegel om hem te laten weten hoe ik hem miste. Maar later miste ik hem niet meer. Vanaf nummer 24 zijn ze niet meer zo romantisch.'

Ik pakte de Jaap-30. Het was net de klachtenlijst van een werkgever die op het punt staat iemand te ontslaan.

'Mijn lieve Jaap' stond erboven.

'Jaap en ik zijn altijd heel eerlijk tegenover elkaar geweest,' verdedigde mijn vriendin zich. 'In het begin sta je kritiekloos ten opzichte van elkaar, later analyseer je de verhouding meer.'

Ik moest er niet aan denken dat ik zo'n brief in de bus zou krijgen.

Een liefdesbrief moet poëtisch zijn en sober, doeltreffend en vooral niet te lang. Ik dacht aan de liefdesbrieven die mijn zuster destijds kreeg van een man uit Limburg. Die waren zo lang dat ze er niet doorheen kwam.

'Ik las ze vaak niet eens helemaal,' bekende ze achteraf. 'Ik begon eraan, maar dan had ik even iets anders te doen en legde ik hem opzij. Ik nam me wel voor hem later uit te lezen, maar het kwam er niet van. En na een dag of drie arriveerde de volgende al.'

Thuis boog ik me opnieuw over het papier.

'Voor Paul,' schreef ik. 'Ik wist niet dat ik zo veel om jou zou gaan geven. Ik ben een onopvallende deur binnengegaan en in een paleis terechtgekomen. Hoe kan ik weten of ik welkom ben?'

Na een paar dagen kreeg ik een brief terug:

'Hier is mijn hart. Doe er maar wat mee.'

Seks voor gevorderden

Freud was een oude kletsmajoor, maar in één ding had hij gelijk: seksualiteit is een sterke drift. Zelfs onder barre omstandigheden, in armoede, kou, honger en oorlog, kruipen de mensen bij elkaar en copuleren ze dat het een aard heeft.

Eigenlijk zouden we dat heel gewoon moeten vinden. De begeerte bespringt ons immers allemaal? Maar nee hoor, het lijkt wel of we maar niet aan de gedachte kunnen wennen dat seks zo'n belangrijke plaats in het leven inneemt. Jonge mensen geloven niet dat hun ouders het doen, de ouders op hun beurt maken zichzelf wijs dat hun kinderen er nog niet aan toe zijn en iedereen denkt dat bejaarden kuis leven.

Vooral dat laatste is een hardnekkig misverstand. Het komt natuurlijk doordat de meeste mensen niet graag zelf hartstochtelijk zouden tongzoenen met een bejaarde, terwijl de gedachte aan een groen blaadje juist plezierige visioenen oproept. Oma en opa doen het niet meer want dat is vies, en wij doen het wel want wij zijn jong en mooi.

Ik denk weleens dat de werkelijkheid precies andersom is. In een tijdschrift las ik een artikel over het liefdeleven van de jeugd van tegenwoordig. Opgevoed door de generatie die de vrije liefde proclameerde, hebben die kinderen altijd samen mogen slapen en heeft niemand hun ooit verboden met elkaar te vrijen. Toch doen ze dat maar zelden. 'Ik slaap heel vaak met Martijn,' meldde een meisje van negentien, 'maar we knuffelen niet eens altijd. Soms gaan we gewoon slapen.'

'Waarom vrijen jullie niet?' vroeg de interviewer.

'Martijn doet niks,' zei het meisje schouderophalend, 'en van mij hoeft het ook niet zo.'

Niet één van de jongens die in het artikel voorkwamen, deed iets. Misschien had de interviewer voor het gemak de vragen maar aan één soort jongeren gesteld. Dat zie je vaak.

De meeste kranten en tijdschriften worden in de Randstad gemaakt. De journalisten die er werken, wonen daar ook en ze piekeren er niet over naar Assen of Bergen op Zoom te reizen om de mening van de jeugd te horen. Wanneer ze een jongere nodig hebben, nemen ze het kind van hun vriendin en die woont in Amsterdam-Zuid of het Gooi. Haar kinderen heten Martijn en ze doen niks.

Met de vijftigplussers is het heel anders gesteld. Die bloeien als nooit tevoren. Een buurvrouw van mij, die al vijfendertig jaar in een huwelijksbootje dobberde, heeft haar brave echtgenoot van de ene op de andere dag verlaten voor een vrachtwagenchauffeur met een hartstochtelijke inborst en een opvliegend karakter. Ze heeft nog uit alle macht geprobeerd haar gevoelens voor die onberekenbare galbak te bedwingen, maar de seks met hem was zo betoverend dat ze zijn humeur erbij nam.

'Het is niet eens zo, dat er iets verkeerd was aan mijn eigen man,' zei ze hulpeloos. 'We hadden het best samen, maar dit is...' Ze kon het niet benoemen. Ik zou het verhaal al gauw zijn vergeten als ik niet kort daarop een vrijwel identieke geschiedenis had gehoord. Een vrouw van maar liefst zevenenvijftig maakte ineens openbaar dat ze al drie jaar een vlammende relatie met haar tandarts onderhield. Hij was nu gepensioneerd en ze ging met hem in een bungalow in Loosdrecht wonen. Wat bezielt die vrouwen? Kan er geen fatsoenlijke overgang meer af?

'Nee!' was het triomfantelijke antwoord. Het kwam van een vrouw die mij naar haar leeftijd liet raden. 'Achtenveertig,' weifelde ik. Eigenlijk dacht ik dat ze voor in de vijftig moest zijn, maar ze had met een beetje goede wil kunnen doorgaan voor een wat vale late veertiger. 'Eenenzestig!' riep ze. Daar had ik niet van terug. 'Ik heb een pleister,' vertrouwde ze me toe, 'zo'n hormonenpleister, waardoor je nooit in de overgang komt.'

Zou dat de oorzaak van al die wellust zijn? Ik heb een vriendin van tweeënvijftig die zo'n pleister heeft en die is ook al niet te houden. Laatst was ik met haar op een saai feestje. De ene na de andere spreker vroeg stilte om een langdradige toespraak af te steken. Mijn vriendin stootte me aan. 'Ik ben zo geil!' fluisterde ze luid. Een paar mannen keken om en mijn vriendin bloosde, maar niet van gêne, welnee! Ze blikte behaagziek rond. Sinds kort heeft ze een vaste minnaar en het is niet te geloven wat ze allemaal met hem uithaalt. Op alle tafels in haar woning hebben ze gelegen, bij alle stoelen geknield, boven de leunstoel gehangen en zelfs het trillen van de centrifuge bracht ze op seksuele ideeën.

De man die al die strapatsen weet te volbrengen, lijkt op het eerste gezicht niet zo geschikt voor zijn rol. Hij is een beetje over zijn top heen. Negenenvijftig is hij en hij loopt nogal stram. 'Is dat hem nou?' dacht ik toen ik hem zag. Maar misschien had hij spierpijn.

Mijn vriendin kan niet van hem afblijven. 'Lieve help, wat is die man lekker!' zuchtte ze laatst aan de telefoon. 'Ik weet niet eens of het aan hem ligt dat we zo heerlijk vrijen. Ik ben zelf almaar geil. Ik geloof dat ik nog het meest geniet van mijzelf. Ik ben ineens in de bloei van mijn leven. Eindelijk heb ik mijn innerlijke bron ontdekt.'

'Ik ben bang dat ik je moet teleurstellen,' zei ik ernstig. 'Ik heb iets in de krant gelezen, in de wetenschapsbijlage: die goeie seks ligt aan de hormonen, aan je pleister, niet aan jou.'

Ik had verwacht dat ze zou schrikken. Het is toch geen kleinigheid als je moet vaststellen dat je diepste gevoelens aan een pleister ontspringen. Maar ze trok zich er niets van aan.

'Nou, dan is het mijn pleister die geil wordt, wat kan mij dat schelen,' zei ze. 'Zolang ik het maar ben die klaarkomt!'

Dat doet ze, en niet zo zuinig ook.

Onlangs had ik een afspraak met haar, we zouden samen eten. Twintig minuten te laat kwam ze binnenzeilen, haar haren zaten in de war en ze had een hoogrode blos.

'Ik kon me niet uit zijn armen wegrukken,' verontschuldigde ze zich, 'het was zo lekker! Ik geloof dat ik wel tien keer ben klaargekomen, maar het kan ook twaalf keer zijn. Ik ben de tel kwijtgeraakt.'

Ze giechelde meisjesachtig.

Terwijl de meervoudig gescheiden ouders hun hete herfst beleven, wensen de jongeren, tot hun tanden gewapend met seksuele voorlichting, condooms en goede raad, elkaar gapend welterusten.

Voor de echte seks zijn ze te jong, maar als ze nog een halve eeuw wachten, krijgen ze allemaal een beurt.

In de weg

Bijna alle mannen die ik heb gehad, wilden een beter mens van mij maken. Van de een heb ik leren timmeren, een andere gaf les in politiek en er was er zelfs een die me heeft leren tanken hoewel ik niet kon autorijden.

'Dat komt ook nog wel,' knikte hij me toe, terwijl hij de slang in mijn handen drukte, want hij geloofde in mijn vooruitgang. Ik heb veel aan mijn verloofdes te danken, maar jammer genoeg waren ze er tegen de tijd dat hun inspanningen vruchten begonnen af te werpen niet meer bij. Ze hadden me alweer verlaten voor een ander, die nog van alles moest leren. Ik was misschien te af.

Je hoort maar zelden dat een man achter een vrouw staat, als stille steun op de achtergrond, als toeverlaat voor haar professionele zorgen.

Dat komt doordat een man graag zelf de eerste viool speelt, neem ik aan, en ook door de traditie, die wil dat vrouwen achter een man staan en niet omgekeerd. Meneer Thatcher is de hele ambtsperiode van zijn vrouw uitgelachen omdat hij deed wat alle echtgenoten van politici doen: niet in opspraak komen. Maar de Engelsen vonden hem een lulletje, geen vent.

Van prins Claus wordt ook gezegd dat hij depressief

is omdat hij almaar de hermelijnen sleep van de koningin moet dragen. Het lijkt wel of we met z'n allen vinden dat het niet hoort, een dienstbare man.

Vrouwen kunnen dus beter niet verwachten dat hun man behulpzaam is. In feite mogen ze al blij zijn als hij niet in de weg loopt. Mannen worden zenuwachtig als hun vrouw ambities koestert.

'Waarom neemt ze geen interessante hobby?' denken ze. 'Iets leuks waar ze ook nog wat mee verdient.'

Ze voelen vrouwelijke dadendrang als wedijver en daar houden ze niet van. Vrouwen met een carrière klagen soms over het glazen plafond dat ze tegenhoudt, maar ze kijken op de verkeerde plaats. Náást hen staat een veel groter obstakel: hij.

Ik ken mannen die erg vindingrijk zijn in dat opzicht.

Dit is het verhaal van Joke. Zij is huisarts en haar man is internist. Zij heeft dus niet, zoals veel huisartsen, een doktersvrouw die de telefoon aanneemt als zij dienst heeft en onderweg is. Haar man zou nooit doktersman kunnen zijn, daarvoor vindt hij zichzelf veel te hoog. Toen Joke en hij pas samenwoonden, studeerde hij nog. Joke had al een praktijk, en in het begin vroeg ze Mark weleens 's avonds op de telefoon te letten. Dat heeft ze snel afgeleerd. Mark ging op eigen houtje patiënten genezen. 'Dat mag volstrekt niet!' zei Joke. 'Dat is verboden bij de wet.' Later, toen Mark klaar was met zijn studie, stonden er geen wetten meer in de weg, maar voor doktersman deugde hij nog steeds niet. Hij ontpopte zich als concurrent. Wanneer de telefoon ging, schreef hij niet op wat de klacht was, hij hield zelf consult. Hij schreef medicijnen voor en verwees de patiënten door. Naar zijn eigen praktijk. Daar werd Joke woedend om en ze installeerde een antwoordapparaat. Dat heeft ten dele geholpen. Als Mark thuis is en zij op pad, staat het apparaat aan, maar Mark luistert mee. Meestal vindt hij de gevallen niet interessant, maar als er iets tussen zit dat zijn belangstelling wekt, kan hij het niet laten en neemt hij de hoorn op.

Hij begrijpt niet waarom dat niet mag van Joke. 'Ik wil je alleen maar helpen.'

Martha's man is ook zo behulpzaam. Zij is belastingconsulente. Haar klanten werft ze door mond-tot-mondreclame en daar probeert haar man een handje mee te helpen. Op feestjes en recepties staat hij luidkeels te roepen over Martha's kwaliteiten. 'Zou het niets voor jou zijn, kerel, een deskundig advies?' Zodra hij drie pilsjes op heeft, begint hij.

'Dat moet je niet doen!' schreeuwt Martha als ze weer thuis zijn. 'Fiscale zaken liggen heel gevoelig. Wat moeten die mensen niet van mij denken, als jij daar staat te toeteren?'

Ria heeft een man die op een subtiele manier de boel in de war stuurt. Hij is een toonbeeld van goede bedoelingen. Hij haalt haar geregeld op van de zaak of belt haar om een uur of vijf, om te zeggen dat de sherry klaarstaat. Daardoor kan Ria zelden of nooit met haar collega's mee als die nog samen wat gaan drinken. Dat komt Ria's informele contacten niet ten goede. Maar omdat Freek het zo lief bedoelt, durft ze er niks van te zeggen.

's Avonds zou Ria nog graag een uurtje werken op de

studeerkamer, maar ook daar komt niets van terecht. Daar zorgt Freek voor. 'Ga je nog werken? Dan breng ik je zo meteen een lekker kopje thee,' belooft hij. Binnen een kwartier komt de thee boven, mét Freek. Die is niet meer weg te slaan. Hij heeft iets bijzonders in de krant gelezen dat Ria ook moet zien, er komt straks iets op de televisie dat ze niet mag missen. Als hij zo gauw niks beters weet, neemt hij zijn toevlucht tot belangstelling voor Ria's werk. Hij stelt een paar vragen en begint naar aanleiding daarvan een discussie.

'Schat, ik moet werken,' probeert Ria, maar dat helpt niet. 'Dit is toch niet onbelangrijk, het gaat nota bene om jóúw werk,' protesteert Freek. Daar is Ria niet tegen opgewassen.

Dat zou ik ook niet zijn. Ik ben weerloos tegen mannen die het goed met me menen. Ik had vroeger een verloofde die graag met mij over boeken wilde praten. Dat wilde ik ook wel, maar ik kwam niet tot lezen. Als wij samen in een kamer zaten te lezen, was het vijf minuten stil. Dan grinnikte hij zacht. Als ik daar niet op reageerde, kwam er al gauw een schaterlach. 'Moet je horen...' Meestal eindigde het ermee dat wij samen zijn boek lazen. Hij hield het vast en vertelde wat erin stond, wat er opmerkelijk aan was en ten slotte wat wij van dat boek vonden.

Mijn loopbaan heeft hij nooit in de weg gestaan. Zodra de eerste tekenen van succes zichtbaar werden, maakte hij zich uit de voeten om nooit meer terug te komen.

'Mannen kunnen er niet tegen als een vrouw succes

heeft,' zegt een vriendin van mij. Ik weet niet of ze gelijk heeft. Misschien lopen mannen alleen in de weg omdat ze het niet leuk vinden als ze zelf niets kunnen toevoegen.

Marian geeft 's avonds naailes aan dames. Van naaien hebben de meeste mannen weinig verstand en die van haar weet er al helemaal niks van, maar op iedere naaiavond komt hij steevast zijn opwachting maken. Hij brengt de koffie rond, wat lief van hem is, en hij maakt hier en daar een praatje: 'Wat bent u aan het maken? Vordert het werkstuk al?'

De dames van de naailes zijn gek op hem, en Marian ergert zich groen. 'Ik wil niet hebben dat je als een haan tussen de kippen loopt te paraderen,' zegt ze. Maar haar man kan het niet laten. Hij kan de gedachte niet verdragen dat er iets onder zijn dak gebeurt dat zich aan zijn invloed onttrekt. Hij heeft een expansieve natuur.

Mannen beseffen niet dat ze vrouwen in de weg staan. Zonder uitzondering denken ze dat zijzelf een uitzondering zijn. Vol trots vertelt de moderne man aan iedereen die het maar wil horen dat zijn vrouw een belangrijke functie heeft of een eigen bedrijf. Andere mannen zouden daar niet tegen kunnen, beweert hij stellig; hij wel. Zij staat zwijgend naast hem en denkt aan Hillary Clinton. Toen meneer Clinton nog president moest worden, fluisterden boze tongen dat zijn vrouw professioneel met kop en schouders boven hem uit stak. Dat mocht niet van de campagnecommissie en voor straf moest Hillary koekjes bakken. Dat heeft ze toen gedaan. Van zijn deeg.

Liegen

Na twintig jaar treinreizen gaf ik mezelf opslag: ik reisde voortaan eersteklas. In eersteklascoupés heersen ruimte en rust, de reizigers praten er weinig en als ze iets zeggen, doen ze dat op gedempte toon. Dat is in de tweedeklas heel anders. Daar kwebbelen de mensen onophoudelijk, het lijkt wel of ze op visite zijn en er geen stilte mag vallen. De gesprekken gaan ook over het soort dingen dat bij een kopje koffie wordt besproken: een zoon die verhuist, een kennis die het volkomen verkeerd aanpakt met die man van haar, belevenissen bij de dokter, roddel van kantoor.

Vroeger zat ik ook te praten in de tweedeklas. Mensen die alleen reizen zijn toeschietelijk. Het is heel gebruikelijk dat reizigers elkaar vertellen wie ze zijn en waar ze naartoe gaan. Maar ik reisde nogal veel en mijn eigen verhalen begonnen me te vervelen. 'Daar heb je mij weer,' dacht ik wrevelig en ik besloot wat aan mijn leven te doen. Aanvankelijk verzon ik er een paar details bij, een kind, een nieuwe woonplaats. Na een poosje vond ik dat er nog wat kinderen bij konden en ineens had ik er drie: twee jongens en een meid. Geboeid luisterde ik naar mijn eigen verhalen. Die politieagent met wie ik mezelf had getrouwd, leek me geen aardige man, maar wie weet kon ik de volgende treinreis van hem scheiden. Ik zou hem natuurlijk ook dood kunnen laten gaan. Dan werd ik jong weduwe. Het was een wreed lot dat ik de man toe-fantaseerde, maar hij had het ernaar gemaakt. Iedere dag, na zijn werk, dronk hij jenever en begon dan ruzie te zoeken. De avond eindigde geregeld in een chaos doordat hij in woede de salontafel omvertrapte. Helemaal verzonnen was dit verhaal niet. Mijn eerste verloofde gedroeg zich zo en het deed me genoegen dat ik hem bij nalevering de doodstraf kon opleggen.

Ik ben niet de enige reiziger die liegt; de trein schijnt bij uitstek een vervoermiddel te zijn waarin mensen hun fantasie de vrije loop laten. Ik sprak een vrouw van tweeëndertig die, als ze in de trein zat te liegen, altijd een paar jaar aan haar leeftijd toevoegde. Eerst zei ze dat ze vijfendertig was, omdat ze benieuwd was hoe dat zou voelen. Toen maakte ze er achtendertig van. 'Wat ziet u er goed uit!' riepen de medereizigers wanneer ze dat zei. 'Ik had u veel jonger geschat.'

Uiteindelijk hield ze het op veertig. Zij vertelde ook graag medische verhalen die ze uit haar duim zoog, en niemand die haar woorden ooit in twijfel trok. Ziektes schijnen een geliefd treinonderwerp te zijn. Ik hoorde een bekentenis van een man die ook medische onzin opdiste. Hij zei in de trein altijd dat hij huisarts was omdat hij hoopte dat mensen hem dan ingewikkelde vragen zouden stellen, waar hij zich vervolgens uit moest zien te kletsen. Dat vond hij spannend, in ieder geval heel wat opwindender dan de natgeregende velden en de nieuwbouwwijken langs het spoor.

Over je beroep liegen is moeilijk. Ik durf het maar een beetje. Ik zeg soms dat ik psycholoog ben. Dat is geen leugen, al heb ik de laatste twintig jaar niet meer dwars door iemand heen gekeken.

Ik was eens met een collega in Parijs. We hadden sjans met een Fransman, die indruk op ons probeerde te maken met verhalen over zijn carrière. 'En wat doen jullie zoal?' vroeg hij toen het applaus uitbleef.

'Wij hebben een bloemenzaak,' antwoordde de collega snel, voordat ik de boel voor haar kon verknoeien met de waarheid.

'Wat interessant,' loog de man.

'Ja,' knikte ze blij, 'we zijn gespecialiseerd in tulpen.'

Ik vlocht onder de tafel mijn vingers ineen. Tulpen, daar weet ik helemaal niets van en voor zover ik weet, heeft zij er ook volstrekt geen verstand van. Maar dat scheen haar niet te hinderen. Ze begon aan een uiteenzetting over ongedierte dat het op tulpen voorzien heeft en ik luisterde met verbazing. De man hoorde het college zwijgend aan en maakte daarna aanstalten om op te stappen. Toen hij weg was, draaide ik me om naar mijn collega.

'Volgens mij had hij in de gaten dat je zat te liegen,' zei ik. Ze haalde haar schouders op.

'Misschien hield hij niet van tulpen. Maar in ieder geval is hij weg.'

'Hij geloofde er geen bal van,' zei ik. 'Wij zien er niet uit als vrouwen die almaar bossen bloemen inpakken. We hebben geen ruwe handen. Wij hebben tikvingers. Waarom heb je niet gezegd dat we secretaresse zijn?'

Ze knikte peinzend: 'Secretaresse? Dat is geen gek idee.'

'Hoe durfde je over tulpen te beginnen? Daar heb jij toch geen notie van?'

'Dat merkt niemand. Alleen Nederlanders weten iets van tulpen, en een enkele Amerikaan. Maar je hoeft niet bang te zijn dat je door de mand valt. Niemand gaat ervan uit dat je liegt. Je moet natuurlijk niet zeggen dat je computerdeskundige bent, want daar heb je echt geen verstand van en heel veel andere mensen wel, maar een boetiek kun je rustig doen, of een manege.'

'Ik zeg meestal dat ik schoenen verkoop in de Bijenkorf,' zei mijn zuster. Ik had haar verteld over de imaginaire bloemenwinkel en tot mijn verbazing vertelde ze dat zij ook altijd een ander beroep verzon.

'Waarom?' vroeg ik. Ze trok een afkerig gezicht.

'Als ik zeg wat ik doe, wordt het meteen een vervelend gesprek,' zei ze. Zij is andragoge en ze werkt in een tbs-kliniek.

'Het begint al met dat andragoog,' zei ze, 'geen hond weet wat dat is. Het is ook niks, tenminste niet meer, de studierichting is opgeheven. En als het woord tbs valt, gaan de mensen zeuren. Dan moet ik weer discussiëren over de doodstraf.'

Er bestaan wel meer enge beroepen: psychiater, doodgraver, belastinginspecteur, maar ik geloof niet dat veel psychiaters zeggen dat ze in een groentewinkel staan wanneer iemand ze vraagt wat ze voor de kost doen. Ze vinden het veel te leuk om te vertellen wat ze voorstellen. Als ze al liegen, is dat om het werk een beetje aan te dikken.

Ik ken een architect die nog nooit een gebouw heeft neergezet.

Hij werkt voor een firma waar hij iets vaags doet met bouwvergunningen. Voor zover ik weet hebben zijn werkzaamheden niet zoveel te betekenen, maar zelf denkt hij daar anders over.

'Drukdrukdruk,' zegt hij als je naar zijn werk vraagt. 'Op de zaak zijn een paar mensen ziek en er is niemand die ze kan vervangen. Dat betekent al dubbel werk, maar straks komt dat internationale congres waar ik heen moet er nog bovenop. Ik zit zeker tot na de zomer tot over mijn oren in het werk.'

Ik geloof niets van al dat drukdrukdruk, maar ik laat het maar zo, want ik wil hem ook niet ontmoedigen.

Er is een studie gedaan naar de biologische functie van carrière en daaruit kwam naar voren dat werk essentieel is voor mannen. Een vent met een lullig baantje heeft dezelfde huwelijkskansen als een vrouw met piekhaar en pianopoten. Je kunt iemand met een kleine aanleg niet verwijten dat hij probeert er nog wat van te maken.

Eigenlijk zou de architect er beter aan doen niet over zichzelf op te scheppen, maar over zijn vrouw. Zij is inkoopster van een meubelzaak. Dat klinkt volstrekt niet opwindend, maar het gaat om designmeubelen en ze reist regelmatig naar Italië om de nieuwste ontwerpen te bekijken. Ze wordt door de firma op handen gedragen vanwege haar feilloze gevoel voor trends en haar uitmuntende smaak. Met haar zou die arme architect veel meer eer kunnen inleggen dan met zijn eigen verrichtingen. Het schijnt dat moderne mannen tegenwoordig opscheppen over de carrière van hun vrouw. Op feestjes vertellen ze, behalve over hun eigen successen, over het internationale businessadvieskantoor van hun vrouw.

Zij staat erbij te glimlachen en tuurt dromerig in haar glas. Morgen, in de trein, gaat ze verder met dat verhaal over de belevenissen van een dierenartsassistente.

Net alsof

Als ik me verveel, bij de bushalte of tijdens een vergadering, verzin ik een nieuw recept, kip op z'n Italiaans of een originele gehaktbal. Soms denk ik aan seks. Dan probeer ik me alle voormalige minnaars te herinneren. De ene keer tel ik ze vanaf een serieuze tongzoen, de andere keer reken ik pas vanaf de coïtus. In beide gevallen kom ik tot een schrikbarend aantal. Toch heb ik niet altijd plezier gehad van de seksuele omgang. Dat ligt voor een deel aan mijzelf. Ik word zenuwachtig van seks, vooral als ik de man met wie ik vrij nog niet lang ken.

Om een goede indruk te maken neem ik weleens wat te veel initiatief. Sommige mannen schrikken daar zo van dat ze zich willoos achterover laten zakken en niets meer terugdoen. Dat is niet mijn bedoeling, maar ik heb geen idee hoe je zo'n man weer in gang zet als hij eenmaal is stilgevallen. Alsof het om een veldtocht gaat waarvan ik de leiding op me heb genomen, ga ik door, tot de man is klaargekomen. Vaak gebeurt er daarna niets meer.

Ik weet dat je op zo'n moment iets zou moeten zeggen, hem zachtjes toefluisteren wat je graag zou willen, maar dat doe ik voor geen prijs. Ik wil niet als een achterstallig karweitje worden beschouwd. Bovendien kan ik alleen onbevangen over seks praten met mijn kleren aan en dan nog uitsluitend ten overstaan van mensen met wie ik seksueel niets te maken heb. Zodra ik verliefd ben, word ik verlegen. Wanneer een man mij vraagt wat ik lekker vind, zeg ik: 'Jou.'

Daar moet hij het mee doen. Ik heb liever dat een minnaar zelf iets verzint wat hem aardig lijkt om te doen, dan dat hij mijn bestelling gaat bezorgen.

Ik ga toch al zo gebukt onder de twijfel of hij me wel echt begeert.

Mannen beweren altijd dat ze dol zijn op vrouwen, maar ik geloof ze niet allemaal. Iedere man vindt seks lekker zolang het zich aan zijn eigen lichaam voltrekt, maar er zijn er genoeg die een afkeer hebben van de intieme delen van een vrouw. Dat merk je pas als het te laat is.

Ik ben eens met een man in bed beland die halverwege de vrijage categorisch verklaarde dat hij niet van beffen hield. 'Andere mannen likken misschien kut alsof het honing is,' zei hij, 'maar ik niet.'

Ik had die vent natuurlijk stante pede de deur uit moeten schoppen, maar dat deed ik niet. Ik dacht dat het aan mij lag. 'Zie je wel,' dacht ik, 'hij vindt me vies.'

Ik word in bed wel vaker geplaagd door onplezierige gedachten. Vooral met vlijtige minnaars die zich uitputten in exquise technieken, dringen storende vragen zich tussen mij en de liefde. Terwijl hij aan mijn orgasme ligt te werken denk ik: 'Duurt dit niet te lang?' Ik prent me in dat hij het juist leuk vindt om de oorzaak van mijn extase te zijn. Hij vindt het fijn om een vrouw te verwennen, dat heeft hij zelf gezegd. Dan dient de volgende verkeerde gedachte zich aan: 'Zou ik er misschien wat harder bij moeten hijgen?' Ik heb mannen zo vaak horen klagen dat vrouwen er als een plank bij liggen en ik zou niet graag een verveelde indruk maken.

Er is een hele rij kwellende zinnetjes die vrouwen door het hoofd spoken: 'Lig ik er niet raar bij?', 'Ruik ik wel schoon?', 'Hij kijkt toch niet!' of juist: 'Waarom kijkt hij niet?' Dat bederft veel plezier.

Ik vroeg me af of mannen ook piekeren in bed, maar dat schijnt beduidend minder voor te komen. Als ik het niet dacht.

Wanneer een man eenmaal door wellust wordt bevangen, maakt hij zich geen zorgen meer of zijn oren wel goed schoon zijn en zijn buik niet te dik. Hij komt in een wereld terecht waarin alleen nog de zinnen regeren.

Ik heb eens met een man gevrijd die zodra hij een horizontale houding aannam, ontoerekeningsvatbaar werd. Hij raakte zo in vervoering door de omstandigheden dat er geen enkele boodschap meer tot hem doordrong.

Hij was een gulzige minnaar, die meteen zijn hoofd tussen mijn benen stak, maar wat hij daar verrichtte was niet plezierig. Het leek wel of ik een labrador een bak hondenvoer had voorgezet. Ik probeerde onder zijn slobberende tong uit te draaien, maar daar liet hij zich niet door van de wijs brengen. Ik riep zijn naam. Niks hielp. Ten slotte heb ik maar net gedaan of ik klaarkwam, anders kwam er nooit een eind aan. Dat doen wel meer vrouwen als ze wanhopig worden.

Het is een methode die wordt afgekeurd.

Af en toe komt het onderwerp in tijdschriften ter sprake en steevast beweren de vrouwen, wanneer ernaar gevraagd wordt, dat zij het niet in hun hoofd zouden halen een orgasme te veinzen, maar ik weet wel beter. Bijna alle vrouwen doen het of hebben het in het verleden vaak gedaan.

Ze doen het omdat ze eigenlijk geen zin hebben in seks, maar ook niet flauw willen doen. Ze doen het om lekker op te schieten of omdat de man met wie ze in bed liggen tegenvalt. 'Laat ik maar even doen of ik klaarkom,' denkt ze, 'dan zijn we er allebei vanaf.'

Ik zat eens te luisteren naar de verhalen van een man die op heel jonge vrouwen viel. Hij was een jaar of veertig en hij voelde zich enorm gevleid wanneer meisjes van twintig met hem wilden vrijen. 'Misschien vinden ze het juist prettig dat ik wat ouder ben,' bespiegelde hij. 'Ik kom niet zo gauw klaar als die jonge pikkies.'

Ik trok mijn wenkbrauwen op.

'Wat doe jij in bed, behalve heel lang neuken?' vroeg ik. Hij haalde zijn schouders op. 'Nou gewoon, een beetje vrijen en zo.'

Ik keek hem meewarig aan.

'Die meiden nemen je in de maling, Henk,' zei ik, 'die doen maar alsof ze klaarkomen. Anders hou jij nooit meer op.'

De man sprak me verontwaardigd tegen: 'Kom nou! Dat doen geëmancipeerde jonge vrouwen niet. Die zorgen heus wel dat ze aan hun trekken komen.'

Ik geloof daar niets van. Meisjes van een jaar of twintig zijn niet zo zelfverzekerd en bovendien zijn ze meer in vervoering vanwege de romantiek dan van de seks. Wat dat betreft zijn mannen en vrouwen slecht op elkaar afgestemd. In de periode dat de mannelijke hartstocht op zijn top is, tussen het zestiende en dertigste levensjaar, wanneer hij bij het zien van een naaktslak al een erectie krijgt, sluimert de vrouw nog als Doornroosje. Ze vindt vrijen wel lekker en ze is heus wel verliefd, maar de echte storm steekt pas later op, na haar dertigste. Heel jonge vrouwen vinden er in bed maar al te vaak niks aan en om niet achter te blijven doen ze dan alsof. Ze laten een diep gegrom uit hun keel opstijgen of ze geven een rondje ritmische schokken weg.

Een man trapt daarin. Iedere man. Ook de ervaren mannen die met klem beweren dat je hun niets kunt wijsmaken.

Ik zou zelf trouwens ook heel gemakkelijk te bedriegen zijn.

Meestal merk je duidelijk dat een man klaarkomt, maar niet altijd. En het duurt soms zo lang tot het zaadvocht terugvloeit dat je dat ook niet onmiddellijk zou missen.

Toch weet ik zeker dat niet één van de veel te veel mannen met wie ik naar bed ben geweest ooit een orgasme heeft nagespeeld. Hij zou niet weten waarom.

Voor hem is de vrijpartij pas afgelopen wanneer hij is klaargekomen, het woord zegt het al. Daarom gaat hij doodgemoedereerd door, ook al ligt de vrouw onder hem allang aan iets anders te denken. Aan een origineel sausje voor bij die gehaktbal.

Dating

Na de middelbare school heb ik een jaar in Amerika gewoond. Ik had een beurs gekregen en ging naar een *college* om algemene kunsten en wetenschappen te studeren en om kennis te nemen van de Amerikaanse cultuur. De studie was niet moeilijk. Je kon ook volksdansen kiezen als vak, en Frans. Als je 'papa fume une pipe' kon zeggen, was het al heel wat, maar met de cultuur had ik het moeilijk. Amerikanen zijn preuts en godsdienstig, terwijl ik juist vrijzinnig was opgevoed en niet in God geloofde. De mensen die ik ontmoette, schrokken van mijn levenshouding. Ze namen me mee naar zondagsschool, waar ik leerde dat je tot het huwelijk maagd moest blijven. Dat was een beetje laat, ik was al twee jaar op het pad van de zonde. Mijn Amerikaanse leeftijdgenoten hadden hun eigen interpretatie van de lessen van de zondagsschool. Op de achterbank van hun auto's haalden ze acrobatische toeren uit om het allebei te kunnen hebben: een orgasme en een maagdenvlies. Het was niet alleen lichamelijk een ingewikkeld gevecht. Vooral de meisjes moesten hun hoofd er goed bij houden. Als ze een jongen lieten doen waar hij zo gedreven op uit was, kon de stemming ineens omslaan. Dan was zij een slet met wie je alles kon uithalen en lagen haar huwelijkskansen aan scherven.

'Heb je al een *date* voor dit weekend?' vroegen de meisjes van het studentenhuis. Ze hadden me uitgelegd hoe het toeging: op zaterdagavond nodigde een jongen je uit om naar de film te gaan of een pizza te eten. Je moest dan niet nadenken of je trek in pizza had maar in die jongen. Van tevoren maakte je een strijdplan. Afhankelijk van je doel besliste je hoever je de jongen zou laten gaan: een cavalier voor één avond, vaste verkering of een huwelijk tot de dood ons scheidt.

Ik was er niet erg handig in, ik kreeg steeds ruzie. Als een jongen me uitnodigde voor een feest, verwachtte ik een feest, geen motel. Dat flikten ze me iedere keer. De film bleek niet te draaien, het andere stelletje dat ook zou komen kwam niet opdagen, en eigenlijk kwam iedere date op hetzelfde neer: geworstel met een of andere Amerikaan die aan zijn gerief wilde komen. Hij had gehoord dat die Nederlandse het niet zo nauw nam met de zeden. Als het dan toch regende, had hij bedacht, wilde hij ook wel een drupje.

Ik had een slechte reputatie op het college. Ik was geen maagd. Ik vrijde met jongens die ik aardig vond of mooi, en ik ging ook weleens met iemand naar bed, als er een bed was. Op de achterbank neuken deed ik niet, ik had een hekel aan dat stiekeme geknoei.

Als een jongen het toch probeerde, duwde ik hem weg en legde uit dat ik niet van gym hield, maar er werd nooit naar me geluisterd. Pas als ik boos deed, hield hij op. Hij dacht dan dat ik niet wilde omdat hij mij geen huwelijk in het vooruitzicht had gesteld.

Tegenover iedere seksuele handeling stond een toverformule die de man hoorde uit te spreken. Voor een zoen hoefde hij alleen te zeggen dat hij jou het mooiste meisje vond, voor een hand op je borst dat hij verliefd op je was. Voor hij de haakjes van je beha mocht openmaken, moest hij ten minste beloven dat hij dat niet met andere meisjes deed, en zo was iedere stap bepaald, als de kruisweg van Jezus Christus.

In Nederland heeft nooit een dergelijke afspraakjescultuur bestaan. De mensen beweren wel dat alles wat in Amerika gebeurt naar West-Europa komt overwaaien, maar het is niet waar. Behalve misschien de muziek nemen Europeanen helemaal niet veel Amerikaanse gebruiken over. Amerikaanse sporten zoals honkbal en Amerikaans voetbal worden hier nauwelijks beoefend en basketbal maar een beetje. Amerikaanse films komen wel naar Nederland, maar Chinese net zo goed, en de hamburger heeft het nog altijd niet gewonnen van de zak patat.

Nederlanders 'daten' niet en misschien is dat maar beter ook, want er komen veel etiquetteregels aan te pas. Daar zijn Nederlandse mannen niet goed in. Amerikanen wel, die zijn zo welopgevoed. Ze houden deuren open, ze spreken met twee woorden en laten een dame voorgaan wanneer dat hoort. Ze weten zelfs wanneer een man voorop moet lopen: in een restaurant en op de trap. Ik ken niet veel Nederlandse mannen die daarvan op de hoogte zijn.

Zou het liggen aan de kringen waarin ik verkeer?

Maar zelfs een brave man die zijn best doet om geen deuren in je gezicht dicht te gooien, vergeet al zijn mooie manieren zodra hij afgeleid is. Wanneer hij zijn auto heeft geparkeerd, springt hij eruit en gaat de parkeerbonnenautomaat bestuderen terwijl zijn vriendin op haar hoge hakken op eigen gelegenheid naar buiten moet krabbelen. In Amerika zag ik verbijsterd hoe snel die jongens om hun auto heen wisten te rennen om het portier voor je open te houden. En als je samen met een Amerikaanse man een kennis van hem ontmoette, stelde hij je onmiddellijk voor. In Nederland heb ik vaak als een aangelijnde poedel achter het baasje staan wachten tot hij klaar was met zijn gesprek.

'Wie was dat?' vroeg ik dan later.

'O, zomaar iemand. Die ken je niet.'

Nu lijkt het net alsof ik almaar uit mijn jas geholpen moet worden en of ik iets mankeer waardoor ik niet zelf een autoportier kan openmaken. Dat kan ik natuurlijk best. Maar je staat er zo mal bij als je verloofde ineens vergeet dat hij met z'n tweeën is. Net een schooltas die onder de kapstok is gegooid, terwijl Kees de Jongen nog even buiten gaat spelen.

Ik vind hoffelijke manieren plezierig en daar sta ik vast niet alleen in. Niet één vrouw zegt: Doe mij maar een hork.

In het begin is hij ook niet zo. In de aanloopfase van de romance zijn Nederlandse mannen allerliefst. Ze helpen met karweitjes, ze plakken fietsbanden, ze repareren kapotte voorwerpen, ze dragen de boodschappentas de trap op.

Binnen een halfjaar is het vernis eraf.

Ik kom geregeld op bezoek bij een vriendin. In het

begin was haar man nog een beetje schuw in mijn gezelschap, maar tegenwoordig voelt hij zich heerlijk op zijn gemak. Na het eten of zomaar tijdens een gesprek gaat hij snurkend een dutje zitten doen in zijn luie stoel.

Ik weet niet hoe Amerikaanse mannen worden als ze een poosje getrouwd zijn. Zo ver ben ik nooit met ze gekomen. Na dat ene jaar heb ik nooit meer een Amerikaan in mijn armen gehouden. Ik ben wel benieuwd hoe het zou zijn, tegenwoordig. Ik heb gehoord dat ze op afspraakjes voor iedere liefdeshandeling een verzoek moeten indienen, anders kunnen ze van aanranding worden beschuldigd. Behalve de toverformules om je uit de kleren te praten, doen ze er nu een aanvraag voor verdere intimiteiten bij: 'Jij bent het intelligentste meisje dat ik ken. Mag ik je borsten strelen?'

Zo moet het, anders worden ze aangeklaagd. Daar zijn serieuze sancties aan verbonden. De president van de Verenigde Staten kan afgezet worden als de tegenpartij bewijst dat hij een meisje onuitgenodigd zijn erectie heeft aangeboden. Onlangs is een Amerikaanse vrouw tot een miljoen dollar boete veroordeeld omdat ze er met de echtgenoot van een ander vandoor was gegaan. Volgens de rechtbank had ze de geborgenheid en intimiteit van het huwelijk verstoord.

Dat heb ik al drie keer in mijn leven gedaan. Maar liefst drie echtgenoten heb ik aan hun huwelijk ontfutseld. Ze stribbelden niet tegen, maar dat deed die Amerikaanse man vermoedelijk ook niet. Toch word ik er niet voor opgebracht. Ik woon aan de andere kant van de oceaan, op veilige afstand van de zondagsschool.

Het zit op de bank en het zapt

Mijn verloofde meerde onze boot af onder een hoge steiger, pakte een jerrycan en klom zonder iets te zeggen op de kant.

'Wat doe ik hier?' riep ik hem achterna, maar hij verdween al over de plankieren. Ik keek om me heen. Het uitzicht op het water werd grotendeels geblokkeerd door een reusachtige tanker, die op zijn plaats werd gehouden door strakke kabels. In de verte voeren de andere plezierbootjes. Ik lag aan mijn touw en wachtte. Na een minuut of twintig kwam hij terug, stapte zwijgend aan boord, goot de benzine in de tank, startte en zette koers naar een onbekende bestemming.

Samen varen.

Toch was dat niet de reden waarom ik deze man kort daarop verliet. Het zou ook weinig hebben uitgemaakt, want de volgende verloofde was geen haar beter. Die zette in de bergen plotseling de auto aan de kant, stapte uit en ging aan de overkant naar beneden staan turen. Ik bleef een paar minuten beduusd zitten. Was het nu werkelijk te veel gevraagd om even aan te kondigen dat het pauze was? Met een kwaaie kop smeet ik het portier open en beende op hem af. Hij draaide zich glimlachend om: 'Even op de wielrenners wachten,' zei hij verontschuldigend. 'Ze komen zo boven.'

Ik durf te wedden dat ze het als jongetje allemaal deden: hun naam opschrijven, de straat met het huisnummer, de woonplaats en dan achtereenvolgens Nederland, Europa, de wereld, het Heelal. Daar kun je maar één conclusie uit trekken: het centrum van het universum ben IK! Daarom hoeft een man niet te informeren of het wel gelegen komt als hij naar de wielrenners wil gaan kijken.

Ik weet wel dat er ook talloze vrouwen bestaan die denken dat zij Sneeuwwitje zijn en alle andere mensen de zeven dwergen, maar dat leren ze meestal wel af tegen de tijd dat ze moeder worden, of lelijk. Mannen niet. Door hun hersenstructuur kunnen ze hoofd- en bijzaken beter uit elkaar houden en ze weten precies wie de hoofdzaak is. Zelfs lieve mannen die het helemaal niet kwaad bedoelen, domineren hun omgeving.

Dat doen ze met de afstandsbediening.

Wanneer een man thuiskomt, gaat hij op de bank zitten, legt de afstandsbediening op zijn dij en begint zijn rusteloze tocht langs de televisiekanalen. Van niet één programma verdraagt hij meer dan een halve minuut. Huisgenoten die iets hadden willen zien, moeten een eigen toestel op hun kamer zetten, want de familietelevisie is van hem en voor geen prijs laat hij de afstandsbediening los. Ik heb zelfs gehoord van mannen die dat ding meenemen naar de wc omdat ze bang zijn dat ze hem niet meer terugkrijgen als ze hem even uit handen geven.

'Zappen is een levensstijl,' zei een vriend van mij plechtig. 'In plaats van in te dutten voor de buis neem ik kort kennis van alles wat er geboden wordt en schakel dan door naar het volgende onderwerp.'

'Het ligt aan de mannelijke natuur,' zei een bioloog. 'Een man is ontworpen voor de korte baan. Hij wil liever een serie kortstondige seksuele contacten dan een lang huwelijk, hij zoekt liever het avontuur dan vastigheid.'

Misschien is het niet alleen de lust naar avontuur, die mannen van het ene televisiestation naar het andere drijft. Het is ook de angst om iets te missen. Het zal ze niet gebeuren dat ze een hele avond naar Nederland 2 hebben zitten kijken terwijl via een gloednieuwe supersatelliet een verslag te zien was van het wereldkampioenschap olieworstelen voor vrouwen. Het is niet voor niets dat ze Onze-Lieve-Heer alomtegenwoordigheid hebben toegedicht. Met de afstandsbediening komen ze een eind in Zijn richting.

Een vrouw die overweegt een man in huis te nemen doet er goed aan stil te staan bij de gevolgen. Het is alsof je een lief klein sint-bernardje uit het nest hebt gekozen. In het begin is hij aandoenlijk, maar al spoedig neemt hij alle ruimte in beslag en je kunt hem volstrekt niet overal mee naartoe nemen.

Met mijn vorige verloofde bijvoorbeeld kon ik niet naar recepties. Op recepties schieten de mensen elkaar aan om even bij te praten. Daar deed die van mij niet aan mee. Wanneer iemand mij begroette, ging hij op een afstandje staan en trok een gezicht alsof hij bij een langdurig bezette telefooncel stond te wachten. Maar als hij zelf werd aangesproken, bleef hij doodgemoedereerd een halfuur praten en liet zich niets meer aan mij gelegen liggen. Dat laatste doet mijn huidige verloofde trouwens ook.

Misschien zijn mannen van nature niet bedoeld om mee te leven.

Ik ga af en toe bij een getrouwde vriendin eten. Zij kookt verrukkelijk, maar ik zie weleens tegen het bezoek op, omdat zij op zo'n avond als een gedrevene aan het werk is terwijl haar man en wij, de visite, niks doen. Ze rent van het aanrecht naar de gedekte tafel, ze schenkt de glazen vol en verwisselt de cd's.

'Waarom vraag je je man niet om ook iets te doen?' heb ik al eens voorgesteld, maar dat wimpelde ze vastberaden af.

'Als ik mijn man vraag om een cd uit te zoeken, gaat hij in het rek staan turen, op zoek naar dat ene plaatje dat hij wil laten horen. Dat kan hij niet vinden, dus zitten wij een halfuur zonder muziek en heeft hij ook nog een slecht humeur omdat hij weer eens wat kwijt is. Hij is altijd alles kwijt. Ik vraag hem ook nooit de wijn in te schenken, want dan kan hij de kurkentrekker niet vinden, hij ziet die ene fles Australische landwijn nergens en hij weet niet waar de glazen staan.'

Mannen zijn altijd alles kwijt, dat is waar.

Dat zou niet geven als ze de verloren schapen zelf zouden gaan zoeken, maar dat doen ze niet.

Laatst kwam mijn bovenbuurman aankloppen.

'Onze blikopener is weg,' meldde hij.

'Wat erg,' zei ik. 'Wil je de mijne lenen?'

Een paar dagen later kwam de buurvrouw het ding terugbrengen.

'O ja, jullie blikopener was weg,' zei ik.

'Welnee,' zei ze, 'ík was weg. Ik was een avondje naar mijn zuster. Maar je moet hem niet helpen, dat is niet goed voor hem.'

'Wat had ik dan moeten doen?'

'Naar boven sturen: hup, ga maar zoeken!'

Zij is een keiharde, die zich beslist niet tot een zoektocht laat verleiden. Als haar man weer eens iets kwijt is, vraagt ze eerst: 'Heb je al gezocht?'

Meestal is het antwoord nee. Als hij wel heeft gezocht, vraagt ze: 'Hoelang?'

Zij heeft mij eens streng onderhouden omdat ze zag dat ik mijn verloofde hielp de suikerpot te vinden. Die stond niet op zijn gebruikelijke plaats.

'Waar denkt hij dat die suikerpot heen is, naar de disco? Er zijn maar een paar plaatsen waar hij kan staan en die kan hij zelf net zo goed bedenken als jij. Je verpest die man, straks wordt hij net zo erg als die vorige van je.'

Zij denkt dat mannen expres alles kwijt raken om vrouwen te dwingen zich met hen bezig te houden, en dat klinkt niet helemaal onwaarschijnlijk. Maar ik weet zeker dat deze verloofde het niet met opzet doet: hij kan de afstandsbediening ook nooit vinden.

Oud

'De hoed is weer helemaal terug in het modebeeld,' las ik in een tijdschrift. Ik keek naar de foto bij het artikel. Een model blikte mysterieus in de camera. Hij stond haar goed, die hoed. Wanneer zou ze hem opzetten?

Ik geloof helemaal niet dat de hoed terug gaat komen in het modebeeld, al was het maar om praktische redenen. Op de fiets waait hij af, in de regen verfomfaait hij en als je hem afzet, zit je haar plat. Het enige dat de hoed toevoegt aan het modebeeld is dat hij allure geeft aan de draagster. Als je een oude kop hebt, lijk je toch nog heel vrouwelijk.

Ik denk veel na over oude koppen, daar heb ik de leeftijd voor.

'Ga jij een facelift nemen?' vroeg een vrouw van vijftig mij laatst. Daar schrok ik erg van.

'Moet dat al?' vroeg ik.

Zij is erg rimpelbewust. Ze laat geregeld collageen in de groeven bij haar bovenlip spuiten en ze smeert driemaal daags crème op haar gezicht, maar ze wil geen facelift.

'Je krijgt er een brede neus van,' zegt zij, 'je kunt aan iemand zien of ze gelift is, het gezicht wordt strak. Alsof de uitdrukking eraf is. Het zal me niet gebeuren dat ze van mij zeggen wat ik van anderen zeg: moet je haar zien met d'r gelifte kop.'

Ik neem ook geen facelift. Ik geloof niet dat ik er echt van zou opknappen en je kunt wel aan de gang blijven: spataderen, rimpels, grijze haren, vervallen boezem – uiteindelijk word je toch gewoon oud.

Ik geloof trouwens niet dat die rimpels er zo vreselijk veel toe doen. Tanden zijn veel belangrijker. Mensen met lange gele tanden of een kaak die geslonken is door het kunstgebit, vallen meteen in de seniorencategorie. Ik zie soms jonge mensen met een kunstgebit. Door die valse tanden zie je de toekomstige bejaarde al helemaal op hun gezicht afgetekend.

Een oude kop krijg je niet van de ene dag op de andere. Het gaat geleidelijk.

'Ik kijk soms in de spiegel,' vertelde een vrouw van middelbare leeftijd, 'en dan zie ik hem ineens: een ouwe vent! Ik zou dat ouder worden niet zo erg vinden als je gelaatstrekken liever en zachter zouden worden zoals die van een lief omaatje. Maar zo is het niet, ze verharden juist. De grove dingen in je gezicht komen naar voren. Het is soms net of er een ouwe vent in mijn gezicht zit, onder mijn huid als het ware. Maar hij is er niet altijd, hij is ook weleens weg.'

Op een dag is die ouwe vent niet meer weg te schminken of te camoufleren. Een vrouw is dan niet meer jong, hooguit jeugdig. De mensen beginnen tegen haar te liegen, ze raden haar leeftijd zeven jaar te gunstig en ze benadrukken het belang van de uitstraling. 'Je bent zo jong als je je voelt,' troosten ze, maar eigenlijk bedoelen ze: 'Je bent een ouwe taart en iedereen ziet het behalve jij.'

Mij hoeft niemand wat wijs te maken. Ik let op de signalen.

Op een dag leunde ik voorover om in een spiegeltje te kijken. Wat ik daar te zoeken had, weet ik niet meer, de herinnering is weggevaagd door de schrik. Mijn wangen, die tevoren nooit klachten hadden gegeven, zakten mee naar voren, alsof ze loskwamen van hun bevestiging. Ik durfde de akelige ervaring aan niemand te vertellen, maar inmiddels heb ik begrepen dat ik niet de enige ben die lager gelegen spiegels ontloopt.

'Je moet ook nooit bovenliggen als je vrijt,' raadde een oudere vriendin aan.

Hoe doen mannen dat, vroeg ik me af, want als niemand meer boven wil liggen wordt de coïtus wel erg ingewikkeld.

Inderdaad blijken er ook mannen te zijn die lijden onder het verlies van hun jeugd. Die turen zorgelijk naar hun terugtredende haarlijn en houden spiegeltjes achter hun hoofd om te kijken of er al een kaal pleintje schemert. Ze voelen aan hun kont of die nog strak is. Maar ze verbinden er geen consequenties aan.

Een poosje geleden had ik een ex op bezoek. Ik had hem lang niet gezien, want hij woont in het buitenland.

'Vind je me niet oud geworden?' vroeg hij.

'Welnee!' loog ik vriendelijk.

'Ach kom nou!' riep hij. 'Ik ben helemaal grijs, en kijk eens hoe erg!' Hij strekte zijn handen naar voren, met gespreide vingers. 'Oude handen heb ik gekregen, rimpelhanden. En dit!' Hij pakte een stukje keelvel tussen vinger en duim en kneep. 'Ik ben een ouwe kalkoen aan het worden. Vreselijk!'

Hij leed, dat kon je zien, maar toen we een uurtje later op een terras gingen zitten, zag ik hem begerig naar de jonge meiden kijken. 'Wat een lekker ding,' mompelde hij wanneer er een voorbijliep.

'Die blieven geen kalkoen,' hielp ik hem herinneren, maar hij begreep niet wat ik bedoelde. Hij was weer een jonge god in het diepst van zijn gedachten.

Naar mij wordt tegenwoordig nooit meer gefloten. Dat is ook iets wat langzaam wegsterft. In het begin merkte ik niet dat het stiller werd om me heen, ik dacht dat ik minder verlegen was geworden, maar ineens besefte ik dat niemand meer naar me floot. Laatst was er een man die een paar tonen inzette, maar die had zich vergist. Hij keek nog eens goed en hield toen geschrokken zijn mond.

'Mannen hebben een hekel aan oudere vrouwen,' zei een vrouw van een jaar of zestig, 'ze doen vijandig. Ze negeren je heel nadrukkelijk of ze fronsen geërgerd hun voorhoofd en kijken een andere kant op als je iets tegen ze zegt. En ik ben heus niet onvriendelijk of kattig tegen ze.'

Het was een opmerking die ik eerder had gehoord. Mannen schijnen echt raar te doen. De zwier en hoffelijkheid die ze voor jonge vrouwen aan de dag leggen, slaan om in prikkelbare onverdraagzaamheid en horkerige manieren wanneer een vrouw de vijftig is gepasseerd. Buschauffeurs wachten niet meer bij de halte wanneer ze aan komt rennen. Politieagenten knijpen geen oogje toe en als een oudere vrouw even staat te hannesen, zie je de mannen denken: stom wijf!

Er bestaan verklaringen voor. Een psychiater wist te vertellen dat oudere vrouwen ze aan hun moeder doen denken, aan de vroege zindelijkheidstraining en aan de onmacht van kleine jongens.

Een sociobioloog schreef dat vrouwen na de overgang niet meer de juiste lokstoffen produceren om de aandacht van mannen op zich te vestigen. Onvruchtbare vrouwen zijn biologisch opgeheven, dus als een man ze negeert, is dat heel natuurlijk.

Ik denk dat oudere mannen voor leeftijdgenoten terugdeinzen omdat ze beseffen dat ze dáár eigenlijk mee naar bed zouden moeten en niet met de groene blaadjes die ze liever lusten.

Er schijnt zelfs een wiskundige formule te bestaan die van toepassing is op de partnerkeus van de man: de helft van zijn leeftijd, plus zeven. Dat is zijn ideaal.

Als je die rekensom toepast op de liefdesverwachting voor vrouwen, veroordeel je iedere vrouw van achtenveertig en ouder tot de necrofilie. Zo wreed is de werkelijkheid niet.

Uiteindelijk zijn het de vrouwen die winnen. Tegen de tijd dat de echte oude dag aanbreekt, verwelken mannen razendsnel, terwijl de vrouwen opbloeien. Ze vechten niet meer tegen rimpels en verval. Ze hebben belangrijker zaken aan hun hoofd. Ze hebben kaartclubs en toneelverenigingen, ze bezoeken theaters en sportscholen. Als je een groep bejaarden tegenkomt, hoor je de vrouwen opgewekt schateren. Ze hebben lol, meestal ten koste van dat ene mannetje dat ertussen loopt. Die kijkt sip en lacht zo'n beetje mee. Hij mag blij zijn dat hij nog leeft.

Ouder

Op het kampeerterrein stond een Frans echtpaar met twee jonge kinderen. Ze hadden vakantie, maar van uitrusten kwam niet veel, want de vader en moeder moesten opvoeden.

'Michel! Arrête!' klonk het de hele dag, 'Marie-Claude! Reste ici!'

Vooral het 'reste ici' schalde steeds over de camping, want de ouders wilden niet dat hun kinderen er in hun eentje op uittrokken. Dat deden Michel en Marie-Claude ook niet, ze scharrelden braaf om de tent heen, maar zelfs dat ging de ouders te ver.

'Reste ici!' riepen ze en plantten de kinderen tussen hun knieën. Daar was ici.

Ik zat naast de tent ertegenover en sloeg de gebeurtenissen belangstellend gade. Ik kijk graag naar gezinnen. Kampeerterreinen bieden een schitterende blik op het intieme leven van het gezin. Je hoeft er niet voor te gluren. Op geen enkele manier hoef je de grenzen van de beleefdheid te overschrijden, gezinnen trekken zich nergens wat van aan. Alsof ze achter een bakstenen muur zitten, onzichtbaar voor de omgeving, gaan ze hun dagelijkse gang.

Vooral de Nederlanders leken zich volstrekt niet bewust van mijn belangstelling.

'Waar is papa?'

'Op de wc!'

'Waar?'

'Op de weecééhéé!'

Even later kwam de vader op zijn vakantieslippers het zandpad af. Inderdaad, die was naar de wc geweest. Hij jongleerde met de closetrol op zijn rechterwijsvinger terwijl hij zijn toilettas onder zijn linkerarm geklemd hield.

'Jongens, waar is mama?'

Gezinsleden zijn elkaar altijd kwijt. Al wonen ze op twee vierkante meter zoals in een caravan of een tent, iedereen informeert de hele dag waar de anderen zijn.

De Nederlanders gunden me een onbelemmerde blik op alles wat ze deden en zelfs hun gedachten zeiden ze hardop, als gedachtewolkjes in een stripverhaal:

'Ik wacht wel even met douchen. Het is nu zo druk in het washok,' deelde de zoon mee, zonder dat iemand luisterde.

'Ik vind het hier beter dan vorig jaar in Canobbio,' praatte de moeder voor zich uit.

'Mmm,' bromde haar man zonder op te kijken uit zijn tijdschrift.

Even later rekte hij zich uit.

'Nou, we zitten hier toch maar best,' zei hij tegen niemand in het bijzonder.

Misschien waren dergelijke opmerkingen niet bedoeld als boodschap en waren het gewoon geluiden die ze maakten, zoiets als knorren bij de trog. Af en toe vlogen ze elkaar in de haren. Meestal ging dat over de lompheid van iemand die opstond om wat te gaan halen. Die struikelde daarbij steevast over de scheerlijnen, wat dan geprikkeld commentaar opleverde: 'Hè, kijk nou toch uit!' Maar ze keken niet uit. Ze stootten zich talloze keren per dag aan de haringen, ze liepen de tentstokken onder de luifel omver, ze namen de bochten te kort zodat er hele stukken doek meegesleurd werden, en iedere keer scholden ze elkaar verontwaardigd uit.

In een caravan verderop woonde een Duitse familie. Ik had de indruk dat die niet gelukkig waren. De kinderen verveelden zich en hadden het te warm. De moeder was de hele dag in touw met plastic emmers voor de was en voor de vaat, en als ze even op een stoel ging zitten, zocht ze ruzie. De vader hing de schone was op. Dat deed hij nauwgezet, met een mond vol knijpers, zoals hij het misschien in een Italiaanse film had gezien of vroeger bij zijn oma. Hij leek me wel een aardige man, maar hij werd niet erg gewaardeerd. De dochter van een jaar of veertien sprak het woord 'Vati' uit op een toon alsof ze hem voortdurend moest vermanen en haar jongere zusje wimpelde al zijn vriendelijk bedoelde liefkozingen af.

Ik ben met de studie naar het gezinsleven begonnen toen ik het besluit nam geen kinderen te krijgen. Zo'n belangrijke beslissing neem je niet lichtvaardig en ik wilde mijzelf er goed van doordringen welke beker ik aan mij liet voorbijgaan.

Vrijwel iedereen vond het een bedenkelijke keus. Als je oud was, zou niemand naar je omzien en je miste het mooiste dat een mens kan overkomen: een kind van jezelf te zien opgroeien. Ik nam die waarschuwingen ernstig, al was ik het niet met alle argumenten eens. Ik denk niet dat kinderen vanzelfsprekend troost bieden voor een eenzame oude dag. Ik zou er niet aan moeten denken dat een kind of een kleinkind, door schuld en plichtsgevoel gedreven, bij mij langskomt in de verzorgingsflat om monter tegen me te doen.

Ouders beweren ook altijd dat ze jong blijven door hun kinderen. Ik neem aan dat ze bedoelen dat er thuis popmuziek schalt en cola in de ijskast ligt. Meer kan ik eigenlijk niet bedenken.

Ik vind vaders en moeders helemaal niet jong, integendeel.

Hun leven draait om de kinderen, zelf komen ze op de tweede plaats. Sommige moeders cijferen zichzelf zo doeltreffend weg, dat ze alleen nog tot leven te wekken zijn als het gesprek over kinderen gaat. Dat hebben ze met oma's gemeen. Daardoor doen ze misschien zo ouwelijk aan.

De moeder van een achttienjarige vertelde vertederd dat haar dochter altijd met haar ging winkelen in de stad: 'Ze is heel streng. Als ik een pakje aantrek dat ze niet mooi vindt, roept ze: "Hè bah, mam! Dat maakt oud!"'

Het leek warempel wel of ze een bejaarde was, die maar met moeite van de polyester bloemetjesjurken af gehouden kon worden. Ze is tweeënveertig!

In zomervakanties kan ik mijn ogen niet van ze af houden: echtparen van middelbare leeftijd die in een restaurant zitten te eten met hun bijna volwassen kinderen. De vader is afwezig zijn soep aan het lepelen, de zoon van negentien vertelt iets, terwijl zijn moeder aanbiddend naar hem opkijkt. Ze houdt zoveel van hem, daar kan geen vriendinnetje tegenop.

Op pa let niemand. Die zit vermoedelijk uit te rekenen of het voordeliger is om met de creditcard te betalen of om geld te wisselen tegen de lage koers van dit moment.

's Avonds op de camping, tegen de tijd dat de kleine kinderen in bed liggen en de grotere naar de discotheek zijn vertrokken, zitten de ouders bij hun gedempt verlichte tenten en caravans. Ze hebben al gewandeld en eigenlijk kunnen ze net zo goed naar bed. Verbazend, zoveel als je slaapt wanneer je met vakantie bent, zeggen ze tegen elkaar.

Op weg naar het washok sprak ik een Nederlandse man uit Franeker. Zijn kinderen waren volwassen, die gingen al jaren niet meer mee kamperen. Dat was jammer, vond hij.

Was het dan niet plezierig dat hij vrij was, vroeg ik; nu kon hij immers gaan en staan waar hij wilde? Hij haalde zijn schouders op en streek de handdoek die hij over zijn toilettas gevouwen meedroeg glad. Ach, zei hij, zo heel veel deed hij niet met die vrijheid. Toen de jongens nog meegingen naar de camping had hij zo zijn eigen pleziertjes. Zij gingen naar het dorp, daar was van alles te doen voor jonge mensen. Hij bleef op tot ze thuiskwamen. In de uren dat hij bij de tent op ze wachtte, dronk hij wijn en zat wat te mijmeren. Nu niet meer.

Er viel niets te wachten, dus ging hij maar naar bed. Hij haalde zijn schouders op en wenste me goedenacht. Ik keek hem na terwijl hij naar zijn tent slofte. De oude portier van een verlaten gebouw.

Evenbeeld

Ik kwam Theo tegen in de supermarkt. Hij was met zijn vriendin.

'Dag Theo, hallo Hannie,' groette ik.

Ze keken me geschrokken aan en toen zag ik het: dat was Hannie niet, het was een andere vrouw. Ze was blonder, iets groter ook en ze had een andere neus. Maar als je niet zo nauw keek, zou je zweren dat het Hannie was.

Eigenlijk was het niet verrassend dat die nieuwe vriendin er zo uitzag. Theo valt op grote blonde vrouwen, hij zou ze allemaal wel willen hebben. Dat kan natuurlijk niet, dus neemt hij ze een voor een.

Dat doen wel meer mannen. In een maandblad las ik een artikel over ex-vriendinnen. Bij elke liefdesgeschiedenis stonden twee foto's afgebeeld, een van de huidige vriendin en een van de ex. Ze waren ternauwernood van elkaar te onderscheiden.

Zelf zagen ze dat ook wel, maar ze benadrukten hun verschillen. Die nieuwe vriendin was heel anders dan de vorige, nummer één was verlegen en bang van conflicten, terwijl nummer twee niet terugschrok voor een beetje ruzie.

Ik dacht meteen aan Sonja, de vrouw die na mij

kwam toen het uitging met Pim. Wij leken op elkaar als twee zusters, maar er was een belangrijk onderscheid: zij kon Pim aan en ik niet. Voor mij heeft hij nooit een greintje respect gehad. Soms gaf hij niet eens antwoord als ik hem wat vroeg. Dat zou hij bij Sonja niet durven. Wanneer iets haar niet zinde, begonnen haar ogen te fonkelen en als hij dan niet snel tot inkeer kwam, barstte er een orkaan los boven zijn hoofd.

Met zijn depressieve buien maakte ze ook korte metten. Wanneer Pim in bed bleef liggen, met de gordijnen dicht en het vaste voornemen er een rotdag van te maken, ging zij met haar armen over elkaar in de deuropening staan.

'Ben je ziek?' vroeg ze dan. Dat deed ik ook altijd en dan kreunde hij iets onverstaanbaars of hij draaide zich zwijgend naar de muur.

'Pim?' smeekte ik, 'wat is er?'

Sonja pakte dat anders aan:

'Je komt NU je bed uit of ik giet een pan water over je kop uit.'

Ze deed het nog ook. Daar werd Pim dan zo allemachtig kwaad om, dat hij uit bed sprong en op haar begon te schelden. Zij schold nog veel harder en na vijf minuten schreeuwen schoten ze in de lach.

Ik nam mij voor die tactiek bij mijn volgende verloofde ook toe te passen, mocht hij onder neerslachtige stemmingen gebukt blijken te gaan. Maar die was heel anders. Hij was onhandig. Als iets hem niet lukte, een strandstoel uitklappen of een jampot opendraaien, kreeg hij een geweldige driftbui. Het leek mij niet verstandig die woede met water te blussen.

Mijn verloofdes lijken maar weinig op elkaar. De een was blond, de ander donker, ik heb twee tamelijk dikke en een graatmagere gehad, en in lengte verschilden ze ook. De een was bouwvakker, de ander intellectueel, en ik heb ook een muzikant gehad. Ze hadden zo weinig met elkaar gemeen, dat ik gebeurtenissen kan dateren aan de hand van de periode waarin ze zich voordeden. Mijn badkamer is verbouwd in de tijd dat ik met Gert was. Dat weet ik nog, want die ergerde zich aan de lakse werktijden van de tegelzetter. Dat zou Hugo niet eens gemerkt hebben.

Ik kan de jaartallen ook herleiden aan de hand van de taken die de verloofdes mij stelden. Van Pim moest ik naar de timmercursus, Hugo wilde mij politiek scholen en in de periode dat ik van Gert hield werd de boekenkast gevuld met Franse romans. Ik heb van de liefde meer geleerd dan van de universiteit.

Misschien is dat de overeenkomst: ze gaven allemaal les.

Daarmee waren ze aan het juiste adres. Ik ben de dochter van een leraar, ik weet niet beter.

Ik heb wel geprobeerd van al die frikken af te komen. Met iedere nieuwe liefde hoopte ik dat het deze keer heel anders zou zijn. Maar je weet van tevoren niet hoe het uitpakt.

'Ik probeer telkens wanhopig een heel andere vrouw te vinden,' klaagde een vriend, 'maar ze veranderen allemaal in dezelfde. In het begin lijken ze heel anders dan alle vriendinnen die ik daarvoor heb gehad, maar op een dag begint het. Dan gaan ze ineens iets opruimen, een tijdschrift dat je op de bank had laten slingeren of een paar sokken.'

'Ruim je rotzooi dan ook op!' zei ik.

'Zie je wel!' riep mijn vriend verontwaardigd, 'jij begint nou al. En we hebben niet eens wat. Straks ga je nog Beertje tegen me zeggen.'

Ik trok mijn neus op. 'Waarom zou ik jou Beertje noemen?'

Hij liet zijn hoofd mistroostig hangen.

'Dat doen ze ook allemaal. Eerst heet ik nog gewoon Dirk, maar op den duur wordt dat Beertje. Of Dikkiedik. Of Scheetje.'

Ik hief mijn handen afwerend op. Ik heb geen appetijt voor Beertjes. Ik heb wel met andere diersoorten gevrijd: een nijlpaard, een pinguïn en een zeeleeuw. En die magere verloofde leek op een wandelende tak.

Ik geloof dat alle geliefden elkaar dierennamen geven. Vrouwen heten, al naargelang hun weerbaarheid, Poes of Muis, mannen Tijger of Beer.

Ik ken een familie waarvan vrijwel alle vrouwen met kattennamen worden aangesproken: Poes, Minoes, Katje en Kitty. Er zijn zelfs twee Kitty's. Het zijn bijnamen die bij ze passen, want het zijn uitermate kattige vrouwen. Dat de zussen op elkaar lijken en kattig zijn is niet zo vreemd, maar het rare is dat de aangetrouwde tantes en schoondochters ook zo zijn.

Alle mannen in die familie vallen op dat soort vrouwen, behalve één. Hij is de uitzondering, hij moet niets van katten hebben. Wat hij wel wil, weet hij niet. Op alle vrouwen heeft hij iets aan te merken. Hij zegt dat hij kieskeurig is, maar volgens mij is hij gewoon bang.

Lang geleden had hij een liefdesrelatie met een leuke meid. Geen kat. Aan haar mankeerde weer wat anders, ze was te huiselijk.

'Ik ben aan een lot erger dan de dood ontsnapt,' beweert hij. 'Ze lijkt inmiddels precies op haar moeder: kogelrond en ze kletst aan één stuk door.'

Hij gelooft dat een man naar de moeder van een meisje moet kijken om te zien hoe ze later wordt. Als hij die regel op mij zou toepassen, zou hij bedrogen uitkomen. Ik lijk uiterlijk wel op mijn moeder maar in mijn doen en laten ben ik precies mijn vader. Ik geloof niet in die zo-moeder-zo-dochterwet.

Misschien was dat eerste meisje niet zo'n goede keus, maar dat lijkt mij geen reden om voortaan alle vrouwen te wantrouwen. Hij zou er beter aan doen juist heel vaak verliefd te worden. Het schijnt dat je daarvan leert.

Een psycholoog vertelde dat je partnerkeus steeds verstandiger wordt doordat je in iedere relatie een stukje oplost van je geheime kinderbehoeften. Hij zei ook dat je als vrouw moet opletten hoe een man zijn moeder behandelt. Zo gaat hij op den duur ook tegen zijn vrouw doen.

Als die wetmatigheid geldt, mag ik wel oppassen met mijn huidige verloofde. Die hoor ik vaak een geïrriteerde stem opzetten tegen zijn moeder. Dat hoeft hij met mij niet te proberen. De pan water staat klaar.

Trans

Twintig jaar geleden was ik psycholoog. Ik weet niet of mijn diploma nog telt, want ik heb de beroepsliteratuur niet bijgehouden en ook geen therapie meer bedreven. De theorieën over de menselijke geest zijn erg veranderd in de loop der jaren. Toen ik op de universiteit zat, was een schizofreen een geesteszieke; tegen de tijd dat ik afstudeerde, werd de schizofrenie aan de opvoeding toegeschreven en inmiddels is het weer een hersenziekte.

Ik heb nooit een schizofreen in de spreekkamer gehad. In mijn praktijk kwamen voornamelijk gewone mensen die een slechte tijd doormaakten. Ze hadden liefdesverdriet of narigheid op het werk. Ze sliepen slecht of ze aten zonder het te willen 's nachts de hele ijskast leeg.

Ik geloof niet dat de patiënten zozeer opknapten van mijn psychologische inzichten, als wel van de troost en aanmoediging die ik bood.

Op een dag kwam er een jongeman op consult die een heel ander probleem had dan de gebruikelijke grotestadsklachten: hij was een vrouw. Hij had al een aantal artsen benaderd omdat hij van geslacht wilde veranderen, maar niemand wilde hem helpen. Transseksualiteit was toen nog een tamelijk onbekend verschijnsel. Het toeval wilde dat ik een hulpverlenersteam kende dat hormonen voorschreef en geslachtsveranderingen uitvoerde. Ik wist heel goed wat transseksualiteit was.

Toen ik achttien was en in Amerika woonde, had ik in New Orleans de queens leren kennen, de travestieten en transseksuelen die in het French Quarter hun nachtleven leidden.

In een schoolvakantie was ik aan de wakende blikken van de decaan en de huismoeder van het studentenhuis ontsnapt en naar New Orleans gereisd. Ik kende er niemand, maar ik had gehoord dat het de mooiste stad van Louisiana was. Ik kan me niet herinneren of ik oog had voor het stedenschoon, ik verdwaalde onmiddellijk en werd opgepikt door een man die 's nachts als vrouw leefde. Toen hij hoorde dat ik later psychologie wilde studeren, beloofde hij me dat hij mij een leven zou laten zien dat ik nooit meer zou vergeten. Hij maakte zijn belofte waar.

Hij nam me mee naar nachtclubs die bevolkt werden door beeldschone vrouwen, van wie de meeste een diep decolleté toonden, sommige een penis hadden en er niet één als vrouw was geboren. Ze lieten zich eerbiedig met Miss aanspreken: Miss Scotty, Miss Louise, Miss Geraldine.

Toen ik drie weken later op het college terugkwam, had ik alle besef van het verschil tussen mannen en vrouwen verloren.

Ik zou nog steeds niet duidelijk kunnen zeggen hoe ik weet dat ik een vrouw ben. Ik kan in de spiegel kijken, maar dat zegt niets. Miss Geraldine had grotere borsten dan ik. En het vermogen kinderen te baren is ook al geen maatstaf. Ik heb met stoere jongens staan praten die met zware stemmen vertelden dat hun baarmoeder binnenkort zou worden weggeopereerd.

Toch is het bijzondere van transseksuelen niet dat hun lichaam vloekt met hun zelfbeeld. Dikke mensen zien er ook niet uit zoals ze willen en lelijke mensen al evenmin. Wat mij trof, was de allesoverheersende wens die ongelijkheid recht te trekken. Om van geslacht te veranderen moesten ze door een hel van onbegrip, eenzaamheid en medische ellende. Daar werden ze uitdrukkelijk voor gewaarschuwd, maar dat weerhield hen niet.

Ik heb me weleens afgevraagd of ik verder zou kunnen leven als ik op een dag wakker zou worden in een mannenlichaam. Ik zou vermoedelijk geen indrukwekkende man zijn, geen grote breedgeschouderde vent. Mijn haar is nogal dun en ik ben klein van stuk. Ik zou een klein mannetje zijn, en kaal bovendien, maar welgemutst van karakter. Met mij kon je lachen. Of houdt dat meteen op als je niet de man van je eigen dromen bent?

Een collega van mij heeft eens een serie gesprekken met mannen gevoerd aan wie ze vroeg hoe ze het zouden vinden om vrouw te zijn. Hun ogen gingen onmiddellijk glanzen, vertelde ze, want ze toverden zichzelf niet om in een vrouw van hun huidige leeftijd en aanleg, maar in een zwoele schoonheid van twintig met lange benen en grote borsten.

Een prachtig lichaam zouden ze hebben en daarmee wilden ze maar één ding. Want in dat opzicht zagen ze geen verandering. Een man zei dat hij de hele dag naar zijn eigen kut zou gaan zitten kijken.

Een andere man wilde almaar in bad: 'Met van die heerlijke geurtjes in het water en zachte handdoeken om je mee af te drogen.'

'Maar daarvoor hoef je toch geen vrouw te zijn!' had mijn collega verbijsterd uitgeroepen. 'Een man mag toch ook in bad?'

Maar als man was er niets aan, legde hij uit, badolie en rozenblaadjes hoorden niet bij harige benen. Dat begreep ik wel. Ik heb van travestieten vaak lofzangen gehoord op gladde benen in nylonkousen, waar een wijde rok omheen cirkelt die bij iedere stap het welgevormde vrouwenbeen streelt terwijl zij op haar hoge hakken langs de nachtelijke straat trippelt. Ik ben nooit een fervente hoge-hakkenloper geweest, maar als het zo te pas komt, vind ik het ook wel lollig om de donna uit te hangen. Het heeft alleen niets te maken met het wezen van de vrouw. Grote struise meiden met harige kuiten voelen zich niets minder vrouw dan een elfje op balletvoetjes, en leeftijd is ook al geen bepaling.

Ik vergeet nooit de gewonde blik van een oude dame die een borstamputatie moest ondergaan.

'Het is toch het sieraad van de vrouw,' zei ze bedroefd.

Een sieraad is het, niet de essentie, maar wat die dan wel is, weet ik niet.

Ik verbaas me er altijd over hoe belangrijk sekseverschillen zijn. Ik zou een uitgebreide persoonsbeschrijving kunnen geven met alle goede en slechte eigenschappen, de geboorteplaats, de geboortedatum en de levensloop, maar het verhaal krijgt pas betekenis als je weet of het om een man of om een vrouw gaat.

Misschien dat transseksuelen daarom zo vastberaden zijn in hun voornemen van uiterlijk geslacht te veranderen. Aan hun leven mankeert de betekenis.

Ik vergis me dus als ik denk dat ik als man zou kunnen leven. In plaats van te genieten van de voorrechten van mannen zou ik voortdurend worden geplaagd door het gevoel dat er iets niet in orde was.

Zodra een kind het verschil leert kennen tussen zichzelf en de andere mensen, wil het weten wat het is: een meisje of een jongen. Strenger dan ayatollahs hanteren kinderen de regels. Jongens willen voor geen prijs hun handen vuilmaken aan meisjesspeelgoed, meisjeskleren en meisjesspelletjes. Meisjes trekken hun neus op voor alle parafernalia van de tegenwereld, die van jongens.

In de bloeitijd van het feminisme hebben ouders wel geprobeerd die rolpatronen te doorbreken. Het lukte niet.

Vaders konden hun beste beentje voorzetten en laten zien dat het huishouden juist fijn is en mannelijk, geen jongen trapte erin. Om een man te worden zochten ze naar voorbeelden die strookten met hun beeld van masculiniteit: voetballers, filmcowboys, politieagenten. Niet papa, die waste af.

Ik wilde vroeger Juliette Gréco worden, een geheimzinnige schoonheid met een omfloerste stem en sluik haar. Ik leek geen spat op haar. Het heeft nog lang geduurd voor ik ophield met mijn povere imitatie. Af en toe denk ik aan haar, wanneer ik kleren uitzoek voor een speciale gelegenheid. Ik trek een panty aan en schoenen met hoge hakken. Ik heb een jurk van zijde die om mijn benen zwiert. Ik maak mijn ogen op, verf mijn lippen rood en kam mijn haren.

In de spiegel zie ik een dame, die ik heel aardig kan imiteren. Ik knik mezelf ferm toe en ga naar buiten. Aangekleed gaat uit.

De damestas

Nadat ik één transseksueel verder had weten te helpen, kwamen er geregeld nieuwe op consult. Ze moesten psychologisch worden onderzocht om goedkeuring te krijgen voor de geslachtsverandering. Ik luisterde naar hun levensverhaal en schreef de verwijsbrief voor de internist die de hormonen toediende. Kort nadat de veranderingen in gang waren gezet, schakelden de cliënten over op hun nieuwe rol. Vrouw-naar-man-transseksuelen knipten hun haar kort en schaften scheergerei aan, man-naar-vrouw-transseksuelen trokken een jurk aan en schoenen met hoge hakken. In het begin zag je de onwennigheid nog duidelijk. Vooral de man-naar-vrouw-transseksuelen overdreven de vrouwelijkheid weleens of ze konden niet met de damestas overweg. Ze zwaaiden ermee of ze hielden hem niet nonchalant genoeg vast. Sommigen stonden ermee te hannesen alsof ze een fietspomp bij zich hadden in plaats van een vertrouwd onderdeel van de dagelijkse uitrusting.

Ik ben ook niet handig met vrouwelijke requisieten. Ik kan niet goed op hoge hakken lopen, ik lik mijn lippenstift eraf en ik heb geen tasje.

Ik weet niet hoe het komt dat ik er geen heb, het was als kind al zo. Terwijl andere meisjes van acht op school rondparadeerden met de oude avondtasjes van hun moeder of van hun oma, stond ik met lege handen. Ik had thuis wel een tasje dat ik ooit van een buurvrouw had gekregen, maar ik durfde er niet mee op straat. Ik voelde me opgelaten met dat ding aan mijn arm, net of ik in mijn oma veranderde.

Mijn oma was niet iemand die ik na wilde doen. Ze was geen lieve oude vrouw die mild de wereld in keek. Ze had een misprijzende uitdrukking op haar gezicht die voor geen kleinkind wilde wijken en ze sprak met een scherpe neusstem. Uit haar tas kwam geen troost, geen pepermunt of zakdoekjes die naar eau de cologne roken, maar plastic regenkapjes en spaarzegels voor een klokkenservies.

Mijn moeders tassen waren ook geen bron van inspiratie. Ze waren modern en zakelijk en er zat een portemonee met kleingeld in. Verder niks. Dat kon veel beter, wist ik.

De moeder van een vriendin had een tas die wel een tropisch regenwoud leek. Overal, in geheimzinnige hoeken van de tas, zaten spulletjes. Lippenstift, oogschaduw, stukjes papier met aantekeningen erop, een naaigarnituur, een mapje met foto's, een nagelvijl, pennen en potloden, een poppetje waarvan ze beweerde dat het magische krachten bezat, een paar veiligheidsspelden. Steeds wisselde de inhoud van de tas. Mijn vriendin en ik mochten niet altijd kijken wat er nu weer in zat, het mocht alleen soms. Waar de toestemming of de weigering van afhing, was niet duidelijk, tenminste toen niet.

Nu ben ik zelf volwassen en al heb ik geen tas, ik ben wel op de hoogte van het tassengeheim.

In de tas zit de draagbare persoonlijkheid van een vrouw, de binnenkant, die ze niet aan iedereen laat zien.

Aan haar kleren kun je zien tot welke sociale klasse ze behoort, aan haar auto in hoeverre ze zichzelf serieus neemt, maar haar diepste wezen zit in haar tas.

Geef me een damestas en ik zal zeggen wie zij is.

Een poosje geleden had ik iets nodig, ik meen dat het een nagelvijl was, maar het kan ook een paperclip geweest zijn of een pleister. Ik zat in de trein en ik keek rond in de coupé. Er zaten zes vrouwen. Twee hadden een attachékoffer bij zich, die vielen sowieso af. Eén had een rugzak aan haar voeten staan en de andere drie hadden een tas. Ik liet mijn blik langs de tassen glijden. In dat kleine laktasje zat waarschijnlijk alleen wat make-up, een ballpoint misschien en de creditcards. De enorme tas van de tweede vrouw leek ook niet wat ik zocht. Twee damesbladen, schatte ik, een puzzelboekje, geld, sleutels, een haarborstel en iets wat ze in een warenhuis had gekocht dat nog net in de tas paste. Nee, de derde was de juiste, ik voelde het.

'Hebt u misschien toevallig een vijl?' vroeg ik.

'Ja hoor,' zei ze, 'ik denk het wel.' Ze knipte haar tas open en rommelde even in het vooronder. Ze had er een.

Vrouwen die een tas hebben waar hulp en goede raad uit komt, zijn zelf ook zo. Tut-tasjes hebben een navenante eigenares en kille karakters hebben onherbergzame tassen.

Ik reisde eens met een vrouw naar Keulen. De reis zou drie uur duren. Ik had de krant bij me en een boek waar ik niet aan toe zou komen. Zij had een grote tas op schoot. Zodra de trein zich in de beweging had gezet, maakte ze hem open. 'Wil je wijn?' vroeg ze. Er kwamen twee glazen te voorschijn, een fles koele elzasser en een zak pinda's. Ze had een servet bij zich en een kurkentrekker, een plastic zak waar de pindadoppen in konden en een nat doekje in zilverpapier. Ze schonk in. 'Ik hou niet van reizen,' zei ze even later met haar mond vol, 'ik zit liever thuis.'

'Met een glas wijn,' knikte ik begrijpend.

'En een boek,' vulde ze aan en groef een pocket op, die ze omhooghield. Ze had thuis bij zich, in haar tas.

Mannen hebben geen tas, tenminste leuke mannen niet. In de jaren zeventig dreigde er een herentassengolf over West-Europa te spoelen, maar die is gelukkig weer weggeëbd.

Terwijl een vrouw met haar tas haar persoonlijkheid benadrukt, leek het wel of de mannentas van elke vent dezelfde janjurk maakte. Met een man met een tas kun je niet over straat, net zomin als met een man met een toupet. Hij denkt misschien dat het een goede oplossing voor zijn probleem is, maar het is geen gezicht.

Mannen moeten zich verre houden van tassen. Ze mogen er zelf geen hebben en ze moeten met hun vingers van die van hun vrouw afblijven. Het wonderlijke is dat ze daar heel gehoorzaam in zijn.

Hoewel mannen alleen met de grootste moeite zindelijk te krijgen zijn, en beschaafd in de omgang, weten ze heel goed dat ze niet aan damestassen mogen komen. Ze respecteren de regel omdat ze hem begrijpen: al ben je nog zo'n liefhebber van vrouwen, je mag niet zomaar in ze graaien.

Flaporen

Jan Koppes was een lelijke jongen. Hij had enorme flaporen, smalle schouders en brede heupen, zijn haar zat raar en geen meisje keek naar hem om, maar Jan Koppes maakte zich geen zorgen. Hij had plannen. 'Ik word later beroepsmilitair,' zei hij. 'Als een man een uniform draagt, kijkt geen vrouw meer naar zijn flaporen.' Hij kreeg gelijk. Eerder dan alle leeftijdgenoten was Jan Koppes getrouwd, met een vrouw die best een knappere man had kunnen krijgen, maar ze wilde Jan. 'Een mooie man heb je nooit alleen,' zei ze.

Vrouwen zijn wel vaker onbaatzuchtig als het om uiterlijk schoon gaat. Ze vinden het niet zo belangrijk of een man knap is om te zien, er zijn andere prioriteiten. Ze willen dat een man lief is of teder, dat hij goed kan luisteren en gevoel voor humor heeft. Dat zeggen ze tenminste. Als je aan mannen vraagt waar vrouwen op vallen, komen ze met heel wat minder fijnzinnige eigenschappen dan tederheid of inlevingsvermogen.

'Vrouwen? Die kijken maar naar één ding: de bobbel in zijn broek, en dan bedoel ik de plaats waar zijn portemonnee zit,' zei een man die daar maar een heel klein bobbeltje heeft. Hij is verbitterd omdat de vrouwen niet naar hem omkijken. Ik heb me afgevraagd of dat inderdaad aan zijn inkomsten ligt. Ik moet ook niks van hem hebben, ik vind hem een miezerd. Alles wat hij onderneemt, mislukt. Op ieder kantoor krijgt hij onenigheid met de chef. Als hij daar mooi over zou kunnen vertellen, droefgeestig of berustend, zou niemand hem zijn problemen aanrekenen, maar hij heeft een onaangename, verongelijkte toon. Het is altijd de schuld van iemand anders of van de omstandigheden dat hij steeds tegenslag heeft, nooit ligt het aan hem. Die litanie bederft zijn huwelijkskansen.

Natuurlijk houden vrouwen van geld. Er zijn er zelfs die botweg verklaren dat ze een rijke vent willen, maar ze maken er zelden serieus werk van. Ze zoeken niet zorgvuldig uit of de verloofde die ze op het oog hebben een degelijke baan met vooruitzichten heeft, ze vragen hem niet of er een erfenis in het verschiet ligt. Maar je ziet ze inderdaad verrast opkijken als er een dure auto met inhoud aan komt rijden.

Er zal wel iets dierlijks aan ten grondslag liggen, een primitief instinct dat voorschrijft dat een man voor voedsel en onderdak moet kunnen zorgen. Als hij daar niets van terechtbrengt, mag hij zijn genen houden en zoeken we een betere om mee te broeden.

De sociobiologie stelt het nog onverbiddelijker: vrouwen kiezen de sterkste man, vandaar ook de wedijver tussen mannen. Die troeven elkaar af om te laten zien dat zij de beste zijn, want als ze dat niet doen, hebben ze niks te neuken.

De moeilijkheid met de natuur is, dat ze zo weinig rekening houdt met de moderne tijd. In het vrije veld heeft niemand er last van als mannen elkaar te lijf gaan, maar in de stad geeft het narigheid.

Ik woon vlak bij een brug. Het gebeurt geregeld dat auto's zich op die brug vastrijden, niet doordat hij te smal is, maar doordat de automobilisten niet voor elkaar willen wijken.

'Ik was eerst,' zeggen ze allebei en dan blijven ze koppig staan tot de politie erbij komt om te bemiddelen. Ik sta er soms naar te kijken en verbaas me over de futiliteit van de kwestie. 'Schamen jullie je niet?' vraag ik dan, maar het antwoord is nee. De natuur kent geen gêne.

Ik heb eens een romance gehad met een man die ruzie maakte met loketten. Wanneer een ambtenaar hem niet snel of niet vaardig genoeg van dienst was, kreeg hij een crisis. Dan stond hij te tieren voor het spreekrooster alsof hij een vijandelijk schip had geënterd.

In de trein zocht hij ook moeilijkheden. Hij reisde eersteklas, maar hij zag er doorgaans nogal verfomfaaid uit. Daarom werd zijn kaartje altijd nauwgezet gecontroleerd. Terwijl de conducteur de pasfoto op het abonnement met de reiziger vergeleek, zat hij uitdagend terug te kijken en maakte snerende opmerkingen. Ik zat ernaast en schaamde me. Een echte man weet wanneer er wat te vechten valt en wanneer hij zijn mond moet houden.

Een vriendin van mij had er destijds ook zo een. Die van haar zocht steeds ruzie met obers. In restaurants stuurde hij de wijn terug en hij klaagde over het bestek.

Dat was niet helemaal schoon volgens hem. En wee de ober die vroeg of alles naar wens was. Nee. Het eten was te zout of de saus was te hoog op smaak of de frieten te slap.

'Het was vaak nog waar ook,' zei mijn vriendin, 'maar het was zijn eigen schuld. Hij zocht altijd uit waar we gingen eten, maar hij had er geen enkel gevoel voor. We kwamen altijd in rare neptenten terecht, waar het eten duur was en slecht. En dan bestond hij het ook nog om steevast het verkeerde gerecht te bestellen.'

Met weerzin beschreef ze het beteuterde gezicht dat hij trok wanneer hij weer eens een gebakken schoenzool aan de keuken had weten te ontlokken.

'Een man hoort de weg in de wereld te weten,' zei ze. 'Ik haat mannen die alles verkeerd doen.'

'Tenzij ze er leuke grapjes over maken,' verbeterde ik. Maar ze had gelijk. Ik kijk ook graag tegen een man op. Ik denk niet dat die voorkeur de toets van de emancipatiecommissie kan doorstaan, maar het is nu eenmaal zo. Ik val op mannen die gezag uitstralen. Ze hoeven geen minister-president te zijn, een kastelein met overwicht op zijn klanten mag ook, of een paardenhandelaar. Bij de manege waar ik rij, hoort de handelsstal van Joop de Jong. Ik ben idolaat van die man. Als Joop de Jong zijn vinger opheft, zijn ogen laat fonkelen en 'pas op hoor!' zegt tegen een schichtig of ongehoorzaam paard, houden het paard en ik allebei onze adem in.

Maar aan een beroepsmilitair zal ik niet snel mijn

hart verpanden. Ik weet dat er talloze vrouwen zijn die gaan glimmen wanneer ze koperen knopen en gouden tressen zien, maar ik moet meteen aan Jan Koppes denken. En aan flaporen.

Trouwangst

Mijn broer was achttien toen hij voor het eerst serieus verkering kreeg. Het meisje van wie hij hield was ouder dan hij en ze had haast. Ze was drieëntwintig en klaar met haar opleiding. Ze wilde graag trouwen en dan, tot er kinderen kwamen, een leuke baan. Het enige obstakel op haar weg naar het levensgeluk was mijn broer. Die deinsde terug voor al die vastberaden plannen.

'Hij lijdt aan trouwangst,' luidde de diagnose die haar familie stelde. Ze hadden ongetwijfeld gelijk. Hij had het van thuis.

Mijn ouders wilden al niet trouwen. In de oorlog zaten ze samen ondergedoken, een huwelijk vonden ze niet zo nodig, maar onder druk van de ouders van mijn vader gingen ze ten slotte toch naar het stadhuis.

Er zijn foto's van hun bruiloft. Mijn moeder droeg een vormeloos mantelpakje en een geleende hoed. In haar hand hield ze een mager bosje bloemen. Het was juli 1945. Alles was op de bon en niemand had wat, zeker geen bruidsjurk.

Op de achtergrond stond de familie bij wie mijn ouders de laatste maanden van de oorlog ondergedoken hadden gezeten. Ik ken hun namen nog, al heb ik ze zelf nooit ontmoet: de familie Slijkhuis uit Tuindorp-Oostzaan. Henk en Rie, en hun kinderen, Joke, Ciska, Fransje.

'Wilde jij geen romantische bruiloft?' heb ik mijn moeder eens gevraagd. Ze haalde haar schouders op. 'Toen ik klein was, droomde ik wel van een echte joodse *choppe* met alles erop en eraan. Maar na de oorlog geloofde ik nergens meer in en mijn ouders waren dood. Het maakte mij niks uit.'

Later maakte het haar wel uit. Ze had een grote weerzin tegen haar schoonfamilie. Alles wat haar schoonmoeder had verordonneerd, trouwen en een fatsoenlijk burgerlijk bestaan, wilde zij juist niet.

'Trouw nooit!' riep ze opgewekt. 'En kleinkinderen hoef ik ook niet. Ga maar wat leuks doen met je leven. Je vrijheid is je grootste goed.'

Zo krijg je trouwangst.

Ik weet niet of ik het erg heb. Ik ben nooit getrouwd, maar eerlijkheidshalve moet ik erbij zeggen dat niemand me ooit heeft gevraagd. Misschien is het iets wat ik uitstraal, eén beschermende laag die maakt dat potentiële echtgenoten al op voorhand weten dat er met mij niet te trouwen valt. Ik heb wel samengewoond en daarin legde ik toch een zekere vasthoudendheid aan de dag. Bij de eerste man ben ik pas weggegaan toen zijn dagen uit niets meer bestonden dan een afwisseling van slapen en zuipen. Van een liefdesverhouding met een andere man herinner ik me dat ik dacht dat ik hem nooit kon verlaten, omdat ik niet wist waar ik met het aquarium naartoe moest. Dat duidt toch niet op trouwangst, zou je zeggen, eerder het tegendeel.

Maar ik heb ook nooit geprobeerd een man in mijn netten te strikken. Dat was ook iets wat vrouwen vroeger deden. Als niemand hen spontaan ten huwelijk vroeg, gingen ze een echtgenoot verschalken. Dat heb ik nooit gedaan. Er zat altijd al een man in mijn net. Daar had ik mijn handen aan vol.

Je hoort nooit meer iemand over trouwangst praten, ze hebben het tegenwoordig over bindingsangst. Die schijnt veel voor te komen. Niemand weet meer waar een romance begint en tot waar hij reikt. Daar worden de mensen nerveus van.

Ik weet nog dat ik twee keer met een man had gevrijd toen ik een andere tegenkwam, die ook solliciteerde. Ik maakte een uitstapje met hem. Toen die eerste man dat hoorde, was hij helemaal overstuur.

'Neem me niet kwalijk,' zei ik, 'ik wist niet dat we vaste verkering hadden. Is het de bedoeling dat ik jou trouw ben?'

'Nee, natuurlijk niet,' zei hij, want hij was toen zelf nog getrouwd, maar achteraf bleek dat hij mij toch liever voor zichzelf wilde reserveren.

'Laat hij dan gaan scheiden!' stookten mijn vriendinnen me op. Maar ik wist niet of ik die eis kon stellen. Hij was vanaf het begin eerlijk geweest. Hij had zijn huwelijk niet verzwegen en mij nooit wat beloofd. Ik wilde trouwens zelf geen beloftes, ik was sinds kort op vrije voeten en had dat eigenlijk graag nog even zo willen houden. Het mislukte.

Sommige liefdesparen maken het nog ingewikkelder. Die spreken af dat ze eigenlijk niks hebben. Ze bellen elkaar iedere dag, ze slapen tenminste vier keer per week met elkaar, maar als je een feestje geeft en je vraagt: Komen jullie ook?, zeggen ze: Hoezo, jullie?

Een vriendin van mij had zo'n verhouding. Zij was eigenlijk gewoon verliefd en dacht niet verder dan dat ze hem zo vaak mogelijk wilde zien of spreken, maar hij was net een mijnenveld. Zij mocht bepaalde vragen niet stellen. 'Wat ga je vandaag doen?' was er zo een. 'Wanneer zie ik je?' mocht ook niet. Als hij uitging, nam hij haar nooit mee.

'Hij dacht dat hij misschien iemand anders zou ontmoeten, die hij leuker vond dan mij,' legde ze uit. De verkering was ten slotte uitgegaan, niet omdat hij een leukere vrouw was tegengekomen, maar omdat zij zo neerslachtig werd van de voortdurende dreiging van een rivale, dat ze maar bij voorbaat had gecapituleerd. Sindsdien schreef de man haar hartstochtelijke brieven om haar terug te winnen.

In de liefde gaat meestal van alles mis doordat mannen en vrouwen er volstrekt verschillende ideeën op na houden. Maar wat de bindingsangst betreft is er geen onderscheid. Vrouwen doen net zo idioot als mannen en sommige zelfs nog wat dwazer. Ze willen het vooroordeel dat vrouwen allemaal op zoek zijn naar de eeuwige liefde compenseren door extra losbandig tekeer te gaan.

Ik las een advertentie in de relatierubriek waarin een vrouw een minnaar zocht. Ik weet de tekst niet meer precies, maar het kwam erop neer dat de man werd aangezocht voor seksuele diensten. Ze had hem niet nodig om samen naar de zonsondergang te kijken. Dat is toch heel wat anders dan plannen maken voor een mooie bruiloft.

Je hoort soms dat mannen zich tegenwoordig onzeker voelen in de omgang met vrouwen omdat ze niet weten of ze met een feministe te doen hebben of met een vrouw van de oude stempel, en in welke mate ze in de ene dan wel de andere categorie valt. Is ze uit op een diepe verbintenis met huwelijksvooruitzichten of voelt ze zich al bedreigd in haar vrijheid wanneer haar minnaar even wil blijven napraten na de seks?

Dat klinkt misschien buitensporig, maar ik overdrijf niet. Een vriendin van mij heeft de romance met haar onvermoeibare jonge minnaar verbroken omdat die goeie man om een boterham met jam had gevraagd.

'Daar knapte ik zo op af!' zei ze.

Ik geloof warempel dat ik ouderwetse opvattingen koester. Als ik met iemand vrij, wil ik ook met hem uit wandelen. En wie weet trouw ik op een dag. Alleen over dat samenwonen wil ik nog even nadenken.

Vies

Mijn vriendin heeft nieuwe buren. Ze zijn erg aardig, maar ze zijn naturist. Daar was mijn vriendin nogal onthutst over. Ze woont in een nieuwbouwwijk en de heg tussen de achtertuinen moet nog groeien. Ze zag tot haar schrik de buurman naakt op het gazon zitten. Hij knikte haar vriendelijk toe en maakte een praatje.

'Ik kreeg haast geen woord uit mijn mond,' zei mijn vriendin, 'ik kon maar naar één ding kijken.'

'Hoe zag dat eruit?' vroeg ik.

'Ach, gewoon,' zei ze, 'die man is zelf nogal doorsnee.'

'Een Opel Kadett,' knikte ik.

Er bestaat een Duits spreekwoord dat je aan een man zijn neus kunt zien hoe het met zijn penis gesteld is. Een andere theorie luidt dat je naar zijn handen moet kijken. Ik hou het op auto's. Hoe uitsloveriger de auto eruitziet waarin hij rijdt, hoe minder apparatuur de man zelf tot zijn beschikking heeft. Het is natuurlijk een grove meetlat, maar dat is die neus ook, en zo heel belangrijk vind ik het eigenlijk niet. Mannen maken er wel een probleem van, vandaar die auto's.

Toen ik achttien was, heb ik een kortstondige romance gehad met een zenuwachtige Amerikaan. 'Hoe vind je mijn penis?' vroeg hij toen we zaten te vrijen op de achterbank van zijn Chevrolet. 'Vind je hem niet te klein?'

Ik keek. Het was een onooglijk dingetje, maar het stond hoopvol rechtop.

'Ach,' zei ik, 'het maakt niet uit.'

Ik denk dat veel vrouwen dat antwoord zouden geven, ook al menen ze er niets van. Ik meen het wel. Mooi groot of lief klein, ik sta nergens van te kijken, als hij maar schoon is.

Daar tillen de mannen veel minder zwaar aan. Ik zou me doodschamen als ik een gele kring naast mijn gulp had, maar als je ziet hoe veel mannen met een vlek op die plek rondlopen, kun je maar één conclusie trekken: het kan ze niks schelen. Vies vinden ze juist lekker.

Drie verloofden geleden had ik een man die zijn sokken niet wilde verschonen. Als het aan hem lag, hield hij ze twee weken aan. 'Ik zweet nooit,' zei hij. Wanneer hij sliep of onder de douche stond, pakte ik de sokken tussen duim en wijsvinger en gooide ze in de vuilnisbak. Niet in de wasmand, want daar viste hij ze onbekommerd weer uit. Uit de vuilnisbak trouwens ook, maar dan zag hij wel in dat ze eerst in de was moesten voor hij ze weer aan kon.

Later had ik een man die wel iedere dag schone sokken aantrok, maar die zag weer geen heil in schoon beddengoed. Pas als het dekbed twee maanden op zijn bed lag, verving hij het. 'Mogen we alsjeblieft schone kussenslopen,' smeekte ik wanneer ik bij hem kwam logeren.

'Hoezo?' vroeg hij dan. Hij vond zichzelf een proper baasje en ik had smetvrees, volgens zijn diagnose.

In één opzicht had hij gelijk: hij was niet half zo vies als sommige andere mannen. Hij liet in ieder geval geen winden.

Ik vind het verschrikkelijk als mensen dat in het openbaar doen. Afgezien van de indringende geur die zich verspreidt, zie ik er een daad van onverschilligheid in en een gebrek aan respect.

Boeren en winden laten doe je wanneer er niemand bij is. Als je denkt dat je verloofde bijna hetzelfde is als niemand heb je onsympathieke opvattingen over intimiteit.

'Ben je nou helemaal!' riep een vriend tegen wie ik dat zei. 'Ik denk daar heel anders over.'

Hij vindt dat een liefdesrelatie pas echt in orde is als iedere scheet die zich bij de poort aandient, ombelemmerd een uitweg mag vinden. Het is zelfs nog krasser: dat privilege heeft destijds zijn huwelijk gered.

Hij was verliefd geworden op een meisje dat veel mooier, spontaner en vooral ook jonger was dan zijn eigen vrouw. Hij flirtte met haar en tot zijn vreugde ging ze op zijn avances in. Ze vond hem een interessante, gevoelige, iets oudere man. Er volgde een stormachtige periode waarin zijn vrouw smeekte, dreigde en huilde en hij haar bezwoer dat hij de liefde van zijn leven had gevonden. Hoezeer het hem ook speet voor haar, hij moest zijn hart volgen.

Binnen drie maanden was hij terug. De liefde van zijn leven was tegengevallen. Ze hadden een kleine flat gevonden in een buitenwijk. Met veel plezier hadden ze hem ingericht en een begin gemaakt aan wat een lang en gelukkig samenzijn moest worden. Op een avond zaten ze genoeglijk naar de televisie te kijken. Ze hadden lekker gegeten, chili con carne met veel knoflook. Hij voelde dat de bonen begonnen op te spelen en tilde een bil op. *Pwwwt*, klonk het. Zijn nieuwe vriendin vloog overeind.

'Wat doe jij nou?' vroeg ze.

'Dit!' zei hij met een schaapachtig lachje en liet er nog een. 'Het zijn de bonen.'

Het werd hun eerste grote ruzie. Zij eiste dat hij zijn lichamelijke processen beteugelde, hij vond dat er niets verkeerds stak in een windje.

'Ik hoef toch niet met een buik vol gas te blijven zitten omdat zij niet tegen de lucht kan? Je ruikt het maar heel even, het is zó weg. Thuis mocht het ook.'

Dat laatste had hij hardop gezegd en toen waren de rapen gaar. Hij had gauw zijn excuses aangeboden en alles leek weer in orde, tot hij opnieuw een keer een wind liet, 's ochtends, in bed.

'Hij moest er even uit,' had hij ter verdediging aangevoerd, maar het meisje was woedend. Ze vond het een smerige gewoonte. 'Ik deed het maar één keer!' vertelde hij verongelijkt. 'Bij mijn vrouw deed ik het iedere morgen. Dat vond zij ook niet zo leuk, geloof ik, maar ze was eraan gewend.'

Het zag er niet naar uit dat deze geliefde eraan zou wennen en ineens had hij gedacht: 'Wat moet ik hier eigenlijk nog?'

Die meid was een lekker ding, daar ging niks vanaf, maar als hij niet eens een scheet mocht laten, wat was dat dan voor een verhouding?

'Het is een ijkpunt,' verklaarde hij nu stellig. 'Als je geen wind durft te laten in het bijzijn van je geliefde, dan deugt er iets niet aan je relatie.' Hij keek me uitdagend aan.

Ik weet dat er veel mannen zijn die er zo over denken, maar ik blijf ferm op mijn standpunt staan. Er wordt niet geruft in mijn huis, tenminste niet opzettelijk. Wanneer het per ongeluk gebeurt, doe ik net of ik niets heb gemerkt. Dat gebiedt de beleefdheid, maar ik vraag me weleens af of het zin heeft een man met hoffelijkheid tegemoet te treden. Je ziet er maar zo weinig van terug.

Een paar jaar geleden had ik een afspraak bij mij thuis met een clandestiene minnaar. We vielen elkaar in de vestibule al in de armen en liepen meteen door naar de slaapkamer. De man had een schitterend lichaam en ik knoopte gretig zijn kleren los. Zo ontdekte ik dat hij geen onderbroek droeg. Was dit bedoeld als speciale verrassing?

'Nee,' zei hij verontschuldigend, 'ik had vanochtend een natte scheet gelaten en ik wilde niet met een vieze onderbroek bij jou aan komen zetten, dus toen heb ik hem maar uitgetrokken.'

Ik kneep mijn ogen tot spleetjes. Dit was wel een erg openhartige man.

'Heb je hem weggegooid?' vroeg ik.

'Nee,' zei hij, 'ik heb hem in een kantoorenvelop gestopt, zo'n kartonnen. Vanavond doe ik hem thuis wel in de wasmand.'

Hij begreep niets van mijn terughoudendheid ten aanzien van lichaamsfuncties. Hij hield zich niet in.

'Zo, nu ga ik lekker bouten!' kondigde hij aan als hij een aandrang in zijn darmen voelde. Hij vond het knus als ik op de hoogte was van zijn stoelgang. Dat hebben meer mannen. Ik weet van vrijwel niet één vrouw hoe het met haar stofwisseling gesteld is, zelfs niet van intieme vriendinnen, maar ik hoef een man maar een beetje te kennen of ik krijg mededelingen over zijn prestaties op de plee. 'Hè-hè, dat lucht op!' zegt hij als hij terugkeert van een bezoek aan de wc.

'O, dat doe ik ook!' riep een vrouw die ik via haar man ken. 'Ik kondig het ook altijd even aan als ik moet poepen en ik kan het niet laten om "hè-hè" te zeggen als ik terugkom.'

'Dat weet ik,' antwoordde ik afgemeten. Ik moet niets van dat mens hebben. Ik weet van haar man, een lieve man die nooit vieze geluiden maakt, dat ze haar maandverband in de badkamer laat slingeren en dat ze daar niets verkeerds in ziet.

'Waarom zou ik me schamen?' vindt zij.

Ik denk dat zindelijkheid niet uit schaamte voortkomt maar uit wellevendheid en ik ben ervan overtuigd dat vrouwen die anderen onuitgenodigd met hun afscheidingen confronteren dat kwaadaardig bedoelen. In sommige huizen zie je op de wc een plank waarop, naast de rollen papier, pakken maandverband staan en tampons. Nooit de reguliere uitvoering, maar Maxi

Absorptie Vermogen en Superplus, alsof er in dat huishouden voortdurend een bloedbad dreigt.

Mannen doen niet vies uit wrok, ze vinden het vermoedelijk gezellig. Wanneer een man zich op zijn gemak voelt, laat hij al spoedig zijn moeizaam verworven manieren vallen. In de file zit hij knus uit zijn neus te eten of in zijn oren te peuteren. Hij veegt onder zijn oksels en ruikt eraan, hij krabt aan zijn gat of aan zijn scrotum.

Zijn huis is zijn paleis, maar daar regeert zijn vrouw. In de auto is hij in zijn eigen kot. Zielsgelukkig wentelt hij zich daar in de modder.

Nieuwe liefde

Ik kreeg een uitnodiging om bij een oude vriend te komen eten.

Wij kennen elkaar al heel lang, we hebben nog samen stage gelopen en af en toe praten we bij. Twee onderwerpen voeren daarbij de boventoon: seks en roddel.

'Heb ik jou al verteld van Evert?' vraag ik bijvoorbeeld.

'Nee,' antwoordt hij gretig. Evert is een schrijver die we allebei niet goed vinden. Ik zie hem af en toe in een café. Hij zuipt als een spons en maakt dan brokken. Als we Evert hebben besproken, vertellen we onze liefdesgeheimen. Omdat we elkaar niet mooi vinden, hebben we nooit met elkaar gevrijd, maar we praten altijd over seks.

Hij woonde vroeger samen met een vrouw die nooit wat deed in bed en daar hadden we het dan over. Toen die verhouding ontbonden was, was hij een tijdlang een hunkerende vrijgezel, maar nu had hij een prachtvrouw gevonden, zei hij. Ik werd uitgenodigd om kennis te komen maken.

Meteen toen ik binnenkwam, zag ik de verandering. Op tafel lagen niet de gebruikelijke placemats, maar een damasten kleed en linnen servetten. Op gouden onderborden stond roomkleurig servies. Die waren van haar, de nieuwe verloofde. Zijzelf was al even adembenemend als haar uitzet. Ze had halflang kastanjekleurig haar en een sensuele mond met lippenstift. Ze was klein en slank en ze strekte een smalle meisjeshand naar mij uit.

'Marie-Louise.'

Bij het voorgerecht ging de conversatie over Zeist, waar zij vandaan kwam, over autorijden en over leuke spulletjes die je op de veiling kon kopen. Ik verveelde me een beetje. Ik probeerde een verhaal over Evert te beginnen, maar mijn vriend was er niet echt bij. Hij vond Marie-Louise veel interessanter dan slechte schrijvers. Ik zag dat zij haar voeten onder tafel tussen die van hem had gestoken.

Op de terugweg voelde ik me terneergeslagen. Ik was natuurlijk blij dat mijn vriend zo verliefd was, maar dit was wel een grote verandering. Kregen we nu bij ieder diner onderborden en was zij er voortaan altijd bij? Waar moesten we het dan over hebben? Ik had aan die fraai gedekte tafel ook niet durven vertellen hoe het was afgelopen met de minnaar van mijn zuster. In dat verhaal kwam een heel rare voorhuid voor. Die paste niet erg bij de pasta met pesto.

Ik vond Marie-Louise verontrustend. Bij de tiramisu had ze zich laten ontvallen dat je dode takken moest wegsnoeien. Daar bedoelde ze familieleden mee, geen overbodige kennissen, maar ik was toch geschrokken. Voor je het weet ben je afgeschaft.

Ik sprak eens een jonge meid die vertelde dat ze haar voltallige vriendenkring had opgezegd toen ze trouwde. 'We zullen elkaar niet vaak meer zien,' had ze gezegd, 'want als ik getrouwd ben, heb ik daar geen tijd voor. Ik ga me aan Peter wijden.'

Ze wilde Peter met huid en haar, en vriendinnen kon ze daar niet bij gebruiken. Familie trouwens ook niet.

'Ik trouw met Peter, niet met zijn familie,' vond ze. Dat zeggen wel meer mensen, en later komen ze er dan achter dat het tweepersoonshuwelijk niet bestaat. Er staat een heel kordon familieleden, vrienden en kennissen argwanend toe te kijken wie de nieuwkomer is.

Ik was nog maar net met mijn vorige verloofde toen we een goede vriend van hem tegenkwamen in een café. We werden aan elkaar voorgesteld. 'Dag Ed,' zei ik, 'ik heb al veel over je gehoord.'

Hij nam me van hoofd tot voeten op. 'Hmm,' zei hij, 'ik over jou ook en we moeten nog zien of jij een blijvertje bent.'

Het kwam nooit meer goed tussen Ed en mij en hij heeft twaalf jaar moeten wachten tot ik weer weg was.

Maar helemaal ongelijk kon ik hem niet geven. Ik heb ook weleens vreselijk mijn best gedaan om iemands nieuwe verloofde aardig te vinden en dan was je net aan die zeurkous gewend, ging het uit!

Nieuwe liefdespartners worden kritisch in ogenschouw genomen, want ze hebben veel invloed. Hij golft en ineens loopt je oude vriendin ook met zo'n zak stokken. Of hij is vegetariër en dan zie je iemand die jarenlang biefstukken at en geen haringkar voorbij kon lopen, met een angstig gezicht naar de lasagna wijzen die je hem voorzet: 'Er zit toch geen vléés in?'

Vooral vrouwen veranderen door de liefde. Carla heeft achtereenvolgens een soulliefhebber en een jazzmuzikant gehad. Dat kon je horen. Van Thérèse wisten we dat ze het met Kees deed doordat ze ineens ging joggen, en Monique werd katholiek. Zij geloofde nooit in een opperwezen, maar op een dag zei ze met een ernstig gezicht dat ze een speciale band met Maria voelde.

'Wat krijgen we nou, Monique?' riep ik verbaasd. 'Dat is toch niks voor jou?' Maar ze had zich bekeerd tot het hogere, ze had zich laten dopen. Ik vond dat een merkwaardige stap, maar toen we een tijdje doorpraatten, bleek er een simpele verklaring voor het raadsel: ze had een geheime verhouding met een pastoor.

Drie jaar duurde de liefde, toen ging het uit. Ik vroeg haar of ze ook een brief naar Rome had geschreven om haar relatie met het Vaticaan te beëindigen.

'De paus bekijkt het maar,' zei ze onverschillig. Ze was weer gewoon.

Ik was blij dat ze niet meer met de pastoor vrijde. Door de omgang met die vent zag ik haar bijna nooit meer. Hij kon haar niet van tevoren zeggen wanneer hij kans zag bij haar langs te gaan, dus zat ze avonden achtereen vruchteloos op hem te wachten en hield al haar tijd voor hem vrij.

Maar al had ze een openlijke liefdesrelatie met hem gehad, dan nog was er weinig tijd voor haar vrienden overgebleven. Zo gaat dat nu eenmaal. Liefdesgeluk is tamelijk ontoegankelijk. Andere mensen kunnen er maar weinig aan toevoegen. Daardoor raak je je vrienden soms kwijt in de amoureuze storm.

Ik had een collega op wie ik erg was gesteld. Ik zag hem niet vaak, want hij had een problematische vrouw, die hem aan huis kluisterde. Als hij het leuk had zonder haar, werd zij chagrijnig en maakte hem het leven zuur. Daarom bleef hij nooit langer in het café dan twee biertjes en haastte zich dan naar zijn augurk.

Toen hij van haar was verlost, ontmoette hij een nieuwe, een vrolijke meid die mee ging stappen. Aanvankelijk vond ik haar een aanwinst, maar op den duur verwelkte mijn enthousiasme. Ze was zo nadrukkelijk aanwezig. Wanneer hij een verhaal vertelde, onderbrak zij hem met uitweidingen en ondertitels om het allemaal nog leuker en geestiger te maken, en ze zei steeds 'wij'. 'Wij waren in Rotterdam, wij hebben een film gezien, wij vonden hem niet leuk.'

Ik vond haar niet leuk. Maar de kans dat wij ooit van haar af komen is klein. Hij wil nooit meer ergens naartoe zonder haar, verklaarde hij onlangs ferm. Als je hem uitnodigt, komt zij mee.

Ik zou mijn vrienden graag het beste toewensen, maar ik ben bang dat ik er niets van meen. De mooiste tijd voor hen is de periode dat ze dolverliefd in elkanders ogen turen en niemand nodig hebben. Ik wacht een poosje, tot ze uitgekeken zijn.

Tegen die tijd hebben we heel wat te bespreken.

'Ik ben heel gelukkig met Marie-Louise hoor! Ze is een geweldige gastvrouw en ze heeft enorm veel smaak.

Maar ik heb ook weleens moeite met de dingen die ze zegt. Haar mening over familie...'

Ik luister met gespitste oren. Die Marie-Louise is geen blijvertje.

Eten

Toen mijn vriendin haar man de deur uit had gedaan omdat hij niet van andere vrouwen kon afblijven, heeft ze een week niet warm gegeten.

'Ik had bloemkool voor mezelf gekocht,' vertelde ze, 'Harry hield daar niet van, die vond dat bloemkool naar burgermansfatsoen rook. Daarom kookte ik dat nooit. Maar toen ik de pan had opgezet en het in de keuken naar bloemkool begon te ruiken, kreeg ik zo'n verschrikkelijke huilbui, dat ik het gas heb uitgedraaid.'

Na een week droog brood besloot ze dat Harry het niet waard was om voor te verhongeren en ze nam zich voor voortaan lekker te koken, zodat ze nu nog steeds iedere dag iets smakelijks eet, met een voorgerecht, een hoofdgerecht en een glas wijn bij iedere gang.

Ik ben niet zoals zij. Ik ben dol op koken, maar alleen voor publiek. Als ik geen man had, zou ik nooit meer in de keuken staan. Voor hem snij ik nauwgezet de groente in juliennereepjes, maar als ik voor mijzelf kook, heb ik niet eens genoeg geduld om te wachten tot het water heet is. Erger nog, ik eet een potje spinazie koud op omdat ik geen zin heb om het op te warmen. Dat vind ik nog lekker ook.

Vrouwen eten de gekste dingen en bij voorkeur in het

geniep. In het openbaar zitten ze precieus in een bordje sla rond te prikken alsof ze nergens trek in hebben, maar thuis geven ze zich over aan hun intieme lusten.

Lang geleden logeerde ik bij Tieke. Zij was toen nog vrijgezel en woonde in een bouwvallig huisje in de Amsterdamse Jordaan. Ik had in die tijd geen eigen woning en sliep zolang bij haar op zolder. Als Tieke van haar werk kwam, riep ze: 'Joehoe!! Wil je wat lekkers?' Met 'wat lekkers' bedoelde ze drank. Eten deden we zelden.

'Heb jij honger?' vroeg Tieke.

'Nee,' zei ik.

'Ik ook niet,' zei Tieke, 'maar ik heb zin in Completa.'

'In wat?!' vroeg ik verbijsterd.

Als antwoord hield Tieke een pot poeder-koffiemelk omhoog.

'Vind je het erg gek?' vroeg ze. Ik vond het krankzinnig, maar niet veel gekker dan wat ik zelf deed. Ik at cornflakes. Hele pakken gingen erdoor in mijn huishouden.

'O, dat heeft mijn collega ook,' zei Tieke blij, 'alleen houdt zij meer van Crispies. Eet jij ook broodkorstjes?'

'Nee,' zei ik, 'juist niet. Ik hol af en toe een wit casino uit.'

Tieke nam nog een hapje Completa.

'Ik heb een collega die noedels eet,' vertelde ik, 'Chinese Instant Noodles. Het zijn eenpersoonsporties en je hoeft ze niet te koken. Je giet er een kopje heet water overheen en ze zijn klaar. En een andere collega eet instantpuree.'

Tieke knikte. Zij kende weer iemand die weerloos was tegenover blikjes suikermaïs en ik wist er een die hagelslag snoept. Chocolademuisjes.

Tieke schudde meewarig haar hoofd. 'Dat is erg ongezond,' zei ze. Toen dwaalde haar blik af naar de fles op tafel. 'Wil jij nog wat lekkers?'

Ik ken vrijwel geen vrouwen die gewoon doen over eten. De meeste vinden zichzelf te dik en proberen uit alle macht af te blijven van dingen die ze lekker vinden, en de paar vrouwen die zich niet van alles ontzeggen om te vermageren, zijn vegetariër en eten uitsluitend gras en noten.

Damesbladen maken misbruik van de eetstoornissen van vrouwen. Wanneer er een dieet wordt aangekondigd op het omslag schijnen de verkoopcijfers astronomisch toe te nemen. Daarom verzint de redactie telkens opnieuw een revolutionaire methode om af te vallen, ook al weet iedereen dat je van dieet houden aankomt omdat het lichaam op schaarste reageert met hamsteren en dus extra kilo's aanmaakt.

Ik heb vanaf mijn zestiende aan de lijn gedaan. Ik beweer altijd dat het niet zo is, maar ik ben als de dood om aan te komen. Om op gewicht te blijven sla ik alle etenswaren over die je van een maaltijd kunt missen: vlees, saus, aardappelen, toetjes. Wat je dan overhoudt is groente. Die eet ik uit een potje en dan ben ik nog te beroerd om de magnetron aan te zetten.

Dat schrappen van franje heb ik van thuis. Mijn ouders hielden er een meedogenloze soberheid op na. Eten was een noodzakelijke, wat beschamende aangelegenheid, waar je zo weinig mogelijk ophef over diende te maken. Eetlust was hun een gruwel. Het gold bij ons thuis als een teken van volwassenheid als je geen suiker meer in je thee hoefde, en toen het jongste kind tien was, schafte mijn moeder het dessert af. Twee jaar later verdwenen de aardappelen van het menu. Van aardappelen werd je dik. Vet wees op vraatzucht, op vadsigheid, op wellustig smakkend slobberen, op het verslinden van voedsel. Mijn vader kon het woord 'voedsel' uitspreken alsof hij de tafelmanieren van een hond in gedachten had. Als je in onze familie iets wilde verslinden, dan pakte je maar een boek, *De gebroeders Karamazov* van Dostojevski.

Ik herinner me dat ik eens met een vriend langs een flatgebouw liep waar uit een keukenraam de geur van sudderlapjes walmde. 'Mmm,' snoof hij genietend, 'dat ruikt lekker!'

Ik kromp in elkaar! Etenslucht snuiven en daarover een mededeling doen was in het licht van mijn opvoeding ongeveer even onbeschaafd als een wind laten en daar je neus even boven houden.

'Jullie waren gek,' constateerde de vriend, en daar moest ik hem gelijk in geven. Mijn vader was gek, maar mijn moeder was nog veel gekker. Zij at hersenen in azijn en oud brood dat ze in melk opwarmde. Broodpap, noemde ze dat. Ik geloof dat mannen dat soort rare dingen niet eten, en zeker niet stiekem. Ze hebben hun eigen cultuur en verbergen die voor niemand.

Mannen eten vlees.

Geen balletje met jus, geen benauwd bieflapje van

iets meer dan een ons, maar een maat 42 T-bone, een hele kip half, een kwartponder bij de hamburgergigant en een braadworst voor tussendoor. Zo eet een kerel.

Ik heb een man gekend, Jan Grootenboer heette hij en hij at een kilo vlees per dag. Als je hem zag schoot je in de lach, want hij had het postuur van een gup, maar wanneer hij vertelde van zijn vleeszucht, dwong hij het respect van andere mannen af. Die Jan kon goed eten!

In landen waar mannelijkheid een belangrijke plaats inneemt, wordt veel vlees gegeten. Argentijnen eten biefstukken zo groot dat ze over de rand van het bord hangen, Australiërs eten lamsbout, Amerikaanse cowboys roosteren hun zelfgeschoten wild boven een zelfgestookt vuur op de prairie, en wanneer van al die ruwe mannelijkheid alleen de cowboyhoed nog over is, barbecuen ze hun biefstuk in de achtertuin. Zelfs mannen die in de keuken nog geen keteltje water kunnen koken, die ternauwernood hun eigen brood kunnen smeren, gaan prat op hun vaardigheden bij de barbecue. Al is de barbecue niet meer dan een elektrisch verhit rooster, al staat dat ding op een stadsbalkon, de man braadt het vlees.

Ik heb me er vaak over verwonderd dat mannen zo goed weten welke culinaire bezigheden tot eer strekken en aan welke gerechten ze voor geen prijs hun handen vuilmaken. Er zijn natuurlijk mannen die uitstekend kunnen koken, maar die kunnen vermoedelijk ook een wasmachine aanzetten en misschien zelfs stofzuigen. In de ogen van andere mannen zijn dat eigenlijk verraders, overlopers. Een echte man heeft drie kunststukken op zijn repertoire: de barbecue, pannenkoeken en spaghetti. Waarom ze allemaal spaghetti maken, is me een raadsel, maar ik heb het nu al een paar keer meegemaakt dat een man aanbood voor me te koken. 'Wat leuk,' riep ik dan, 'wat ga je maken?'

Steevast was het antwoord: spaghetti. Het kan beslist niet zijn omdat het zo gemakkelijk klaar te maken is. Als je ziet welke boodschappen eraan te pas komen en wat voor helse toeren hij vervolgens uithaalt in de keuken, denk je dat hij op z'n minst gevulde gans op tafel gaat zetten.

Misschien is spaghetti romantisch omdat het Italiaans is, misschien moet ik de spaghetti eigenlijk opvatten als een culinaire serenade. Als dat klopt, is er al vaak voor mij gezongen, en vooral veel.

Want mannen koken nooit kleine porties.

Flinke hoeveelheden moeten het zijn, met veel vlees en weinig groente. Tegen groente koesteren ze wantrouwen omdat er vitamines in zitten en goede raad, een gezond leven met matigheid. Konijnen en vrouwen knabbelen groente. Dat is geen eten voor een man.

Een journalist vertelde me dat hij met een paar collega's in een restaurant zat. 'Hé jongens,' riep een van de mannen plotseling uit, 'er zijn geen vrouwen bij. Nu hoeven we onze sla niet te eten!'

Echte mannen eten geen sla.

In sommige landen waar strenge regels voor masculien gedrag gelden, eten ze ook geen soep. Mijn beste vriendin is met een Australiër getrouwd. Haar man eet beslist geen groente of soep. Wanneer het regent, neemt hij ook geen paraplu mee, want hij is geen watje. Hij is een man van het zuidelijk halfrond, en die worden liever nat.

Ik vroeg aan mijn vriendin wat Australische vrouwen snoepen wanneer er geen mannen bij zijn.

'Bubbelwijn,' zei ze.

Als ik het niet dacht! Wat lekkers.

Bronst

Toen Gert mij verliet, hield ik zeeën van tijd over. Ik had er nooit bij stilgestaan hoe bewerkelijk die man was, maar het scheelde uren.

's Ochtends hoefde ik hem niet meer te wekken met een zachte stem en zwarte koffie, er zaten niet langer ingewikkelde overhemden bij het strijkgoed en wanneer ik ergens in verdiept was, werd ik niet meer gestoord met: 'Weet jij waar, o nee laat maar, ik heb het al.' Er waren geen boodschappen die ik misschien even kon doen als ik toch die kant op ging, en de inkoop van levensmiddelen was heel wat minder tijdrovend doordat, met Gert, ook de etenstijd was verdwenen.

De uren die ik over had, vulde ik aanvankelijk met tranen, omdat ik van de man had gehouden, maar na verloop van tijd betrapte ik me erop dat ik zachtjes liep te zingen terwijl ik op mijn gemak de planten water gaf. Ik schreef me in voor een cursus Russisch en ik ging naar theatervoorstellingen. De liefde miste ik wel, maar ik legde me erbij neer dat je niet alles kunt hebben: tijd én een man.

Tot ik op een dag een artikel in een tijdschrift las. Het was geschreven door een bioloog die ook met tijdsproblemen zat en er een oplossing voor had bedacht.

Op een herfstdag hoorde hij in een hertenkamp de reebok brullen en kwam op een idee. 'Laten we met z'n allen een bronsttijd instellen, een week of zes waarin we rollebollen en lellebellen, waarin niemand werkt en iedereen vrijt,' schreef hij. 'Aan het eind van die periode zijn we blij dat we weer gewoon aan het werk mogen en houden we tijd over om eens te gaan biljarten.'

Ik liet het tijdschrift op mijn schoot zakken. Bestond die bronsttijd niet al?

Hij valt tussen half juli en half augustus en we noemen hem zomervakantie. De invulling die de bioloog voor ogen stond klopte precies. Mannen die de rest van het jaar nooit iets frivolers dragen dan een saaie das, zetten in de zomervakantie een raar petje op en trekken een gebloemde bermuda aan. Vrouwen koesteren zich in de zon en flirten met de man die de badstoelen verhuurt. En sommigen overkomt een wonder. Ze worden verliefd zoals ze dat nog nooit zijn geweest.

In mijn tienertijd waren mijn enige liefdes vakantieliefdes, want de jongens op school zagen mij niet staan. Ik was geen langharige blonde met een verlegen blik zoals Marianne, die al op haar vijftiende vaste verkering had, of een mysterieuze donkere schoonheid zoals Wette. Ik had slecht geknipt kort haar en ik werd van alles zenuwachtig, vooral van jongens.

Alleen in de vakantie bloeide ik op. Ik sprak geen Frans, maar ik kon instemmende geluiden maken die Frans aandeden en dat was voldoende talenkennis voor de camping aan de Dordogne. Samen met mijn zuster liep ik de hele vakantie achter de jongens aan. Dat mocht van onze ouders. Zij waren modern en dat hield in dat flirten was toegestaan en vrijen ook. De onuitgesproken afspraak was alleen dat je het vertrouwen niet beschaamde door met een geslachtsziekte of met een zwangerschap thuis te komen. Of met de jongen zelf. Daar hielden wij ons aan, maar op een dag in de kerstvakantie werd aan de Nederlandse huisdeur gebeld en daar stond Jean-Pierre.

Jean-Pierre was onze vakantieliefde uit de Provence. Hij had eerst wat met mijn zus, maar die vond er al gauw niks meer aan en toen kreeg ik hem. Ik was verliefd op hem omdat hij Frans ponyhaar had en groenblauwe ogen, maar toen hij daar in de vestibule stond, in een rare trui in plaats van een T-shirt, wist ik ineens geen raad met hem. Dat haar vond ik ook niet meer zo mooi.

De bronsttijd was voorbij.

Buiten de vakantie kunnen mensen natuurlijk ook verliefd worden, maar die liefde moet zich ontworstelen aan stroopdikke sociale conventies. Wanneer een man een leuke meid tegenkomt, moet hij zijn belangstelling tonen, maar niet al te gretig, anders denkt zij dat hij is overgeschoten omdat niemand anders hem wou.

Zij moet vriendelijk reageren op zijn toenadering, maar niet overdreven verheugd, anders denkt hij dat hij misschien wat beters kan krijgen en gaat nog een poosje zoeken. Zij mag het niet op zijn vrijheid gemunt hebben, hij moet een gevoelsleven kunnen laten zien.

Ik ken veel loslopende mannen en vrouwen die dolgraag iemand zouden willen hebben om van te houden. Ik nodig soms zo'n potje en een dekseltje uit om bij me thuis te komen eten, in de hoop dat er een romance uit groeit, maar ik zou net zo goed Charles en Lady Di op de thee hebben kunnen vragen. Ze moeten niets van elkaar hebben. Ze willen de aardappels nauwelijks aan elkaar doorgeven, zo argwanend kijken ze elkaar aan.

Ik heb een vriendin die ik aan de straatstenen niet kwijt kan. Ze ziet er leuk uit, daaraan mankeert niets, en ze is ook niet onaardig. Soms heeft ze een week of twee verkering maar daarna loopt het steevast mis.

'Wat doe je toch?' heb ik aan haar gevraagd, en natuurlijk zei ze dat ze niks deed, maar ik begreep dat ze na die twee weken een soort examen uitschrijft. Ze doet bijvoorbeeld quasi-onverschillig wanneer hij haar belt en zegt dat ze niet veel tijd heeft: 'Bel later nog maar eens.'

Dat doet hij niet, en geen wonder. Hij denkt met een vriendin te maken te hebben, niet met de koningin van Sheba. Maar deze vrouw zweert heilig bij haar methode, want ze heeft hem uit een Amerikaanse handleiding, die *The Rules* heet, De Regels.

Volgens De Regels mag een vrouw een man nooit als eerste benaderen. Hij is de jager, zij is de prooi en ze zorgt dat hij zich eerst een ongeluk moet draven voordat ze een keer met hem afspreekt. Die bijeenkomst ligt tenminste anderhalve week in het verschiet, want als je te gulzig toehapt als meisje denkt hij dat je gemakkelijk te krijgen bent en doet hij geen moeite meer. Een vrouw die De Regels volgt, pakt nooit zelf de telefoon.

Ze wacht tot hij belt en wanneer ze een boodschap van hem op haar antwoordapparaat vindt, belt ze niet terug. Weet hij haar toch aan de lijn te krijgen, dan duurt het telefoongesprek niet lang. Ook dat is een voorschrift van De Regels: niet te lang telefoneren en na een paar minuten zeggen dat je nog meer te doen hebt. Klik.

Ik heb het boek met stijgende verbazing gelezen. Wat denken de schrijfsters dat ze aan het doen zijn? Het lijkt warempel wel of ze een man proberen te verslaan in plaats van te veroveren!

Ik wil meteen aannemen dat dit de uitgelezen manier is om een klootzak te verschalken, maar zou dat echt de bedoeling zijn? Ik heb eigenlijk liever een aardige man, liefst een verstandige man die, wanneer hij met zo'n berekenende krokodil te maken krijgt, gauw maakt dat hij wegkomt.

Uit de hele wereld komen klachten dat mannen zo moeilijk tot een duurzame liefdesrelatie te brengen zijn. Vooral vrouwen van middelbare leeftijd en jonge vrouwen die hoog zijn opgeleid blijven onbesteld over. Een man wil geen vrouw die gelijkwaardigheid nastreeft, zeggen zij. Hij vlucht liever in de armen van heel jonge vrouwen of bij een simpele ziel die hem aan zijn moeder doet denken.

Volgens mij denken mannen niet bijzonder diep na over hun partnerkeus. Ze willen natuurlijk graag een mooie vrouw, maar wanneer ze die niet kunnen krijgen, willen ze vooral een lieve. Hoe zij haar brood verdient, zal hun een zorg zijn.

Maar een vrouw die het tot registeraccountant heeft geschopt, is niet zomaar lief. Ze heeft keihard gewerkt om te bereiken wat ze nu is en ze wil de hoofdprijs: een man die eerbied heeft voor haar intelligentie, die haar bewondert om wat ze in de maatschappij heeft bereikt en die ook nog van haar houdt. Zo'n man bestaat niet, ze zal het moeten doen met de gewone exemplaren. Die houden het na de bronsttijd meestal voor gezien. 'Vrouwen willen altijd zo veel,' mopperde een man, 'ze willen dat je ze mooi vindt, maar als je zegt dat ze lekkere tieten hebben worden ze boos. En dan dat zinnetje, dat vreselijke zinnetje: Ik Hou Van Jou.' Hij plantte zijn vuisten op tafel: 'Dat moet je niet één keer zeggen, maar duizend keer. Ik hou van jou. Natuurlijk hou ik van je. En als het niet meer zo is, bel ik je wel!'

Belg

Toen ik op een Belg verliefd werd en geregeld in België kwam, nam ik me voor Vlaams te gaan leren. Aanvankelijk dacht ik dat het gemakkelijk zou zijn. De grammatica kende ik immers, en de meeste woorden, maar het viel me niet mee. Zo is een tas een zak, een tasje een sacoche, maar een kopje een tas. Ik vergiste me steeds. Dan vroeg ik in de supermarkt om een plastic tas en keek de caissière me verwonderd aan. Ze dacht dat de klant wilde drinken. Met de uitspraak had ik ook problemen. Zelfs de g wilde niet lukken, en als ik een r zei, bleef hij in mijn keel hangen. Soms probeerde ik in een gesprek te oefenen, maar dat mocht niet, want dan werden de Vlamingen kwaad. Die dachten dat ik de spot met ze dreef.

'Waarom mag ik niet op het Vlaams oefenen?' vroeg ik aan mijn Belgische verloofde.

'Omdat ge het niet kunt,' zei hij stug.

'Ja, daarom wil ik juist oefenen!' zei ik.

'Hollanders denken dat ze Vlaams kunnen spreken en dan roepen ze: allez zunne. Jullie vinden Vlaams een grappig taaltje, daarom willen jullie het nadoen.'

Maar het merkwaardige is dat hij het zelf juist een raar taaltje vindt. Niet het Kempisch natuurlijk, want hij komt zelf uit de Kempen. Ook niet het Antwerps, want voor Antwerpenaren heeft hij ontzag, maar het West-Vlaams. Als hij iemand uit Brugge hoort praten, komt hij niet meer bij, en als hij de pias wil uithangen, doet hij Gents na. Ik geloof dat Limburgs ook bij zijn repertoire hoort, maar dat kan ik nog niet goed onderscheiden van de andere accenten. Tegenwoordig doet hij ook Hollands na.

'Wrrwrr!' brouwt hij.

Vlamingen hebben het niet erg op Hollanders. Ze vinden ze luid en grof, en bovendien schijnen Nederlanders erg betweterig te doen ten overstaan van Belgen. Ik heb in Antwerpen inderdaad Hollanders gezien die met de Belgen praatten alsof ze Lambiek voor zich hadden.

De meeste vrienden van mijn Belg hebben mij min of meer aanvaard. Ik ben in hun ogen een Hollander met verschoning, maar bij zijn familie val ik niet in de smaak. Ik kan me dat ook wel voorstellen.

Ik heb deze man gestolen. Hij was met een ander getrouwd, een deugdelijk Belgisch meisje met wie hij twee kinderen heeft. Ze leefden al lang en gelukkig langs elkaar heen toen ik hem tegenkwam. Ik vond hem enig. Zo'n bedaarde struise man, die ook nog eens zwoel Vlaams sprak, weerloos was ik. Dat hij getrouwd was, zat mij niet in de weg. Ik deins niet terug voor een beetje echtbreuk. De meeste Vlamingen trouwens ook niet, vreemd gaan is een gangbare manier om de moed erin te houden. Maar weglopen is heel wat anders. Toen zijn ouders hoorden dat hij zijn gezin zou verlaten om in 't stad te gaan wonen met een sloerie uit Amsterdam, waren ze erg verontwaardigd.

'Ge gaat toch alles nie op 't spel zetten, zeker?' moet zijn vader hebben gezegd. Scheiden vond hij een dwaze stap, er waren veel eenvoudiger manieren om het huwelijksleven draaglijk te maken: 'Allez, ge kunt eens een patatje buiten de deur steken.'

Het was geen morele afkeuring die hij uitsprak, hij vond het zonde van het huis.

Belgen zijn honkvast. Wanneer ze volwassen zijn, zoeken ze een lief, trouwen ermee en gaan dan voorbereidingen treffen voor de definitieve vestiging: een eigen huis.

'Vlamingen worden met een baksteen in hun maag geboren,' legde mijn verloofde uit, 'dat is een gezegde bij ons.'

Zolang een Vlaming geen huis bezit, is hij een dolende ziel. Pas als hij grond heeft gekocht en zijn huis heeft laten bouwen, heeft hij zijn doel bereikt. Hij gaat er nooit meer weg. Zelfs in de zomervakantie gaan maar weinig Belgen op reis. Terwijl Nederlanders en Duitsers als Hunnen door de wereld trekken op hun jachtige zoektocht naar rust en beter weer blijven de Belgen thuis.

Het was dus geen geringe misdaad die ik had begaan. Ik had een Vlaming uit zijn huis gedreven.

Hij had de grond destijds gekocht en er, met hulp van zijn familie, een huis op laten bouwen. Hij was getrouwd, had kinderen gekregen, dus woonden er maar liefst vier mensen in dat huis, die het alle vier beschouwden als de basis van hun bestaan. Niemand had ooit gedacht dat hij weg zou gaan, hijzelf ook niet. Belgen scheiden niet zo snel, tenminste de meeste niet. De uitzondering vormen de Antwerpenaren, maar die hebben dan ook geen huis. Ze wonen in een appartement en dat telt niet. Het scheidingspercentage in Antwerpen schijnt astronomisch te zijn. Maar liefst twee van de drie huwelijken worden ontbonden en per jaar scheiden er meer mensen dan er trouwen. In Antwerpen val je niet gauw uit de toon, vandaar misschien de verschoning.

Die toegeeflijkheid werd overigens niet gul gegeven. Ik moest hem verdienen. Onze Belgische kennissen hielden goed in de gaten of ik geen Hollandse zuinigheid vertoonde, of al te astrant uit de hoek kwam. Als ik te veel op een Hollander begon te lijken, dreigden ze me over de grens te zetten: over 't metje.

Aan de andere kant van het metje denken ze heel anders over de buren. Hollanders zijn gek op Belgen. Ik vertelde eens in een café aan de buffetjuffrouw dat ik een Belgische verloofde had. 'Ach,' zei ze vertederd, 'wat leuk. Heb je een Belg? Ze zijn lief hè, die Belgische mannen! Zo zachtaardig.'

Het leek wel of we het over marmotjes hadden.

Maar ze had gelijk, lief is hij zat. Hij stelt alleen tamelijk veel eisen wat betreft zijn behuizing. Die Vlaamse baksteen zit er nog. Hij is ontheemd. Ik woon op een krappe etage in de binnenstad van Amsterdam. Af en toe hoor ik hem zuchten in de badkamer omdat hij de wasmand opzij moet zetten om de doucheruimte vrij te maken. Even later roept hij: ‘Weet je wat handig zou zijn? Zo’n mengkraan, die je afstelt en dan niet meer hoeft te veranderen. Die zou je moeten hebben.’

Over de wasvoorzieningen is hij ook ontevreden.

‘Waarom heb je geen droogkast?’

‘Ik heb al een centrifuge,’ leg ik uit.

‘Je zou een volautomatische wasmachine moeten hebben, daar zit de zwierder al in. En dan een droogkast,’ zegt hij hoofdschuddend.

‘Daar is geen ruimte voor.’

Hij zou graag verhuizen. Maar ik woon al tweeëntwintig jaar op dat adres en er is iets merkwaardigs met die anciënniteit. Hij geeft me aanzien in de buurt. Op het postkantoor hoef ik nooit een identiteitsbewijs te laten zien en andere oude buurtbewoners groeten me eerbiedig. Soms praten we wat over de veranderingen in de nabijgelegen straten en de nieuwbouw om de hoek. We scheppen tegen elkaar op over het aantal jaren dat we hier al wonen en hoe zelden we de buurt uit komen. Ik heb een buurman die nooit meer dan vijf straten verderop gaat.

‘Als ik de Warmoesstraat oversteek, krijg ik al heimwee,’ zegt hij.

Zo erg ben ik niet, maar ik was toch wel blij toen me een nieuwbouwwoning werd aangeboden op een steenworp afstand van het huis waar ik nu woon, vlak bij het Waterlooplein, waar ik ben geboren.

Het complex is nog in aanbouw en als ik de stralende blik van mijn Belg goed versta, is dat een goede zaak. Hij volgt de vorderingen in de bouwput nauwlettend.

Over de afwerking van het huis heeft hij notities gemaakt en ik zal niet verbaasd zijn als de wasdroger er komt, en de mengkraan. Misschien gaat hij nog gelukkig worden, die Belg, aan deze kant van 't metje.

Beddendood

Zeven verloofdes heb ik inmiddels gehad, zeven mannen met wie ik een aantal jaren serieuze omgang had. Sommige mensen zeggen dat het geen pas geeft om zo vaak van liefdespartner te wisselen, ze vinden me frivool. Maar ik denk volstrekt niet lichtvaardig over de liefde, integendeel. Iedere keer dat ik een man in mijn hart sloot, dacht ik dat hij de laatste was, dat ik met hem oud zou worden. 'Nu wil ik nooit meer een ander,' nam ik me voor, maar na verloop van tijd klonk dat 'nooit' toch wat uitzichtloos. Of de verloofde liep weg, dat is me ook al een aantal keren overkomen. Meer dan een zilveren bruiloft is er voor mij inmiddels niet meer weggelegd en misschien is dat jammer, maar ik heb toch geen spijt.

Ik moet er niet aan denken dat ik nog met Johan zou zijn. Die lag tot halfvijf 's middags in zijn bed en hij zoop als een vis. Of met Hugo, die tegen het eind van onze romance steevast een schampere toon tegen mij aansloeg, of met Pim, die niet wilde vrijen. Ik hield van Pim en dat doe ik nog, maar de man was een seksuele toendra. Hij was te lang christelijk geweest en kromp bij iedere lichamelijke toenadering van gêne ineen. Dat ging niet over, tenminste niet in de drie jaar die ik met hem tobde.

Ik ben niet geschikt voor het celibaat. Ik weet dat

seks vulgair kan zijn en onbetekenend, maar je kunt er ook heel mooie gevoelens mee tot uitdrukking brengen. Bovendien is seksuele tevredenheid goed voor de gezondheid.

Toch zijn er mensen die het zonder stellen. Alleenstaanden bijvoorbeeld. Vroeger heette een alleenstaande 'vrijgezel', een vrolijk woord dat ruimte liet voor avontuur en ongebonden plezier, maar het is vervangen door het klagerige 'alleenstaande'. Als je het woord tegenkomt, kun je er zeker van zijn dat even verderop in het artikel staat dat alleenstaanden niks te kort komen, vooral de seks niet, dat ze hoogstens de gezelligheid missen, op zaterdag samen boodschappen doen in de supermarkt, samen televisiekijken. Ik heb me weleens afgevraagd waarom alleenstaanden niet beter om zich heen kijken.

Als ik echtparen op zaterdag in de supermarkt zie, maken ze vooral een verveelde of geërgerde indruk. Van iedere vrouw die met een man samenwoont, kun je horen dat er geen lol aan is om samen televisie te kijken, want de man zit te zappen, terwijl zij in gedachten een afweging maakt tussen echtscheiding en moord. Wat een alleenstaande mist is lichamelijk contact, niks anders. De rest kun je even goed met vrienden, vriendinnen en met je familie.

Toch kun je beter met lege armen liggen omdat je géén verkering hebt dan hunkeren naar een omhelzing terwijl er iemand naast je ligt.

Ik reed eens met een man mee naar een congres. We waren met zijn auto gegaan, een gloednieuwe sportauto waar hij verschrikkelijk trots op was.

'Mijn mooie meisje,' noemde hij hem. Daar keek ik nogal van op. Deed Kees het tegenwoordig met een auto? Onderweg informeerde ik voorzichtig naar zijn huwelijk. Was hij nog wel met Jantien? 'Jawel hoor,' antwoordde hij mat, alles ging goed. Jantien had een nieuwe baan, waar ze erg veel plezier in had, en met de zoontjes was het ook prima, die zaten nu op de basisschool. We reden een poosje zwijgend langs de A2. 'Fantastische auto,' zei ik nog maar eens.

'Tja, die auto en mijn zoons, dat zijn de grote vreugden van mijn leven,' liet Kees zich onverhoeds ontvallen.

'Maar Kees toch!' riep ik. 'Hou je niet meer van je vrouw?'

'Jawel,' zei Kees, maar er klonk geen animo en bij de afslag Vleuten kwam het hoge woord eruit: Jantien en hij waren beddendood, al drie jaar.

'Maar zij en ik hebben wel wat meer met elkaar dan die vijftien centimeter,' haastte Kees zich de verkeerde indruk die ik misschien van zijn huwelijk kreeg, uit te poetsen.

'Wat dan wel?' vroeg ik en kreeg toen een opsomming van huiselijk verkeer waarmee je het leven in een bejaardenhuis ook goed kon beschrijven.

'Hoe is dat nou toch gekomen, Kees?' vroeg ik hoofdschuddend.

Het was een geleidelijk proces geweest. Als hij nu terugkeek, moest het begonnen zijn in de periode dat de jongste zoon telkens oorontsteking had en zijn ouders 's nachts wakker huilde. Als Kees en Jantien in die tijd in bed lagen, wilden ze maar één ding: slapen!

De dokter plaatste buisjes in de oren van het jongetje, de oorontstekingen hielden op, maar van vrijen kwam het nog maar zelden en op den duur deden ze het helemaal niet meer.

Ze hadden de beddendood niet ziet aankomen. Ze knuffelden wel en samen slapen gaf ook een gevoel van verbondenheid. Maar allengs maakte de intimiteit plaats voor vertrouwdheid, het volgende station heette gewoonte en voor ze het wisten waren er drie jaren voorbij. Zo'n stilstaande wagen krijg je niet meer zo gemakkelijk in beweging en misschien wilde Kees dat ook helemaal niet. Hij vond er niet veel meer aan, met Jantien.

Er zijn ook vrouwen die de seks laten verkommeren omdat ze er niks meer aan vinden.

'Seks is leuk, maar om er nu voor thuis te blijven,' zei een getrouwde vriendin. Zij en haar man zijn niet volledig beddendood, maar als het aan haar ligt, doen ze het zo min mogelijk. 'Ik kleed me expres een beetje zakkig aan,' vertelde ze, 'vooral niet sexy, want dan komt hij op ideeën. Erg hè? Ik voel me er wel verschrikkelijk schuldig over, maar ik doe het toch. Ik heb nooit zin in hem, maar op een gegeven moment kom je er niet onderuit. Dan doen we het en daarna ben ik zo opgelucht dat het weer achter de rug is, dat ik helemaal vrolijk ben. En hij is vrolijk omdat hij een nummertje heeft gemaakt.'

'Een nummertje,' herhaalde ik.

'Hoor eens,' viel ze uit, 'we kunnen hier wel mooie

verhalen gaan ophangen, maar zo'n pretje is het niet met die van mij. Hij is...' Ze zocht naar een juiste omschrijving. 'Hij is nogal houterig. Onhandig, begrijp je wel?'

Ik begreep het niet.

'Kom nou toch, Laura, hij kan toch wel neuken? Hij kan toch ook met mes en vork eten?'

Ze keek bedenkelijk. 'Nou...' zei ze.

'Waarom leer je hem niet wat bij,' stelde ik voor, 'probeer eens iets nieuws, een standje of zo.'

Ze deinsde geschrokken terug.

'Met mijn man? Ga je weg of niet! Dan krijgen we ongelukken!'

Misschien was deze wel érg onhandig.

Dat heb ik ook eens meegemaakt met een man. Hij was opvallend knap en hij had lieve ogen maar de seks was knudde. Hij deed maar wat. Ik herinner me dat ik na een kwartier prutsen nog had overwogen te vragen of hij al begonnen was.

Maar daar trouw je toch niet mee?

Ik denk niet dat ik het lang zou uithouden in een dood bed. Ik vind een liefdesrelatie zonder seks onbezield, als een leeg medaillon. Ik schrik altijd als echtparen van wie je dacht dat ze een goed huwelijk hadden plotseling bekennen dat ze al jaren van elkaar vervreemd zijn. Tegenover de buitenwereld hielden ze de schijn op, maar intussen had de man een andere vrouw en zijn vrouw een paard.

Ik heb een paard én een liefdesrelatie. Eén van de twee haalt de vijfentwintig jaar.

Beroep

Er is een café in de stad waar ik liever niet kom. Ik krijg er ruzie. Van huis uit ben ik vredelievend, maar in dat café staat een beest in mij op. Het ligt aan de clientèle. Die bestaat uit corpsballen van alle leeftijden. Als ik die bekakte tongval hoor, ben ik al kwaad. Dat is eigenlijk vreemd, want ik heb mijn leven lang nooit iets te maken gehad met corpsballen. Ik heb wel in Leiden gestudeerd, maar in die jaren was de corpsbal nagenoeg uitgestorven. Ik begrijp dus niet goed waar ik me nou zo druk over maak.

Het is het enige café waar ik ruzie maak, dus dat valt nog mee. Ik heb een vriendin die bijna nergens kan komen zonder dat het op herrie uitdraait. Zij kan niet tegen gelijkhebbers en daar zitten er nogal wat van aan de bar.

'Als zo'n vent zijn mond opendoet, wil ik hem meteen dichttimmeren,' zegt ze.

Ik ben er al een paar keer bij geweest dat zij ruzie kreeg en volgens mij kan ze ook maar beter niet in het corpsballencafé komen, want haar woede richt zich op precies dat soort mannen, inderdaad gelijkhebbers.

Haar afkeer kan ik trouwens wel verklaren. Haar vader is advocaat. Bij haar ouders thuis voert er maar één het woord en dat is hij. Ik heb hem weleens ontmoet en ik vond het een charmante kerel, maar ik kan me voorstellen dat je zo iemand liever niet als vader hebt. Advocaat is een indringend beroep. Advocaten kunnen niet luisteren. Wanneer iemand anders iets vertelt, bekruipt hen het beroepsgevoel dat de tegenpartij te veel spreektijd krijgt. Daarom praten ze het liefst zelf. Het zijn ook geen gesprekken die haar vader voert, hij houdt een betoog. Advocaten praten om gelijk te krijgen en ze houden pas op als ze het gevoel hebben dat ze het pleit hebben gewonnen. Dat is in een gezin nogal lastig.

Ik had ook zo'n vader, maar die van mij was leraar. Hij hoefde geen gelijk, want dat had hij al. Mijn vader wilde aandachtige gezichten zien. Wanneer iemand bij ons thuis iets zei, luisterde mijn vader even, knikte kort en begon dan aan een lesuur. Wij letten goed op dat we een zin niet op een vraagteken lieten eindigen, want als je antwoord kreeg, was je je avond kwijt.

In een leraarsgezin hangt het onderwijs, als dennengeur uit een spuitbus, overal in huis. 's Ochtends gingen maar liefst vijf van de zes gezinsleden naar school. Aan tafel werd over school gepraat, over de leraren, over vakken en cijfers. Na het huiswerk, waar geen ontsnappen aan was, lazen wij een boek of keken wij, toen we eindelijk ook televisie hadden, naar programma's die we van tevoren hadden aangestreept in de radiobode.

Ik ken nog een paar leraarsgezinnen en daar ging het net zo.

Ik had eens het twaalfjarige zoontje van een lerares

Nederlands te logeren. Om zes uur vroeg hij of hij de televisie aan mocht zetten. 'Het zijn kinderprogramma's hoor,' verzekerde hij me, 'je kunt ervan leren.'

'Wij mochten alleen naar actualiteitenprogramma's kijken,' vertelde de dochter van een leraar geschiedenis, 'niet naar detectiveseries of naar *Coronation Street*.'

Mijn vader was leraar Engels. Hij vond *Coronation Street* juist goed voor onze talenkennis. In de auto zette hij altijd de Franse radiozender op omdat hij hoopte dat we er Frans van zouden leren. Ik spreek inderdaad Frans, maar dat heb ik niet van de radio. Ik heb Frans geleerd van al die Franse jongens waar ik in de vakantie achteraan liep. En misschien een beetje door de lessen op de Franse ambassade, waar ik na schooltijd heen moest.

Wij waren wel zo'n verschrikkelijk leraarsgezin, dat we elkaar zelfs cijfers gaven. Wanneer mijn jongere broer en ik tekenden, gaven we om de beurt een opdracht: teken een boot, teken een huis. Als we onze tekening af hadden, gaven we elkaar een cijfer. 'Kreeg jij thuis cijfers?' vroeg ik aan de geschiedenisdochter.

'Nee, dat nog net niet,' zei ze, 'maar het scheelde niet veel. Als wij gingen fietsen, werd het aantal kilometers dat je reed bijgehouden. Na honderd kilometer kregen we een medaille. Die maakte mijn moeder zelf. Van karton.'

De opvoeding is allang voorbij, maar het onderwijs kleeft mij nog altijd aan. Met kinderen doe ik leerzame spelletjes, een zelfgemaakte quiz of scrabble. Ik verbeter hun uitspraak. Dat doe ik met volwassenen trouwens ook. Als iemand Los Eendzjeles zegt in plaats van Los Endzjeles, mompel ik een correctie. Doet hij het daarna nog een keer verkeerd, dan maak ik inwendig een aantekening: ezel.

Wanneer iemand in de trein zit te lezen, probeer ik op het omslag te zien hoe het boek heet en door wie het is geschreven. Ik dacht altijd dat ik dat heel onopvallend deed, maar laatst hield iemand het boek voor me omhoog.

'Kunt u het zien, zo?' vroeg de reiziger spottend.

Ik kreeg een rood hoofd, maar ik knikte. Het was sciencefiction en van sciencefiction kun je niks leren.

'Het is spannend,' zei de reiziger en ik mompelde iets instemmends, maar inwendig dacht ik: zes min.

Niet alle beroepen zijn even onontkoombaar. Ik geloof dat kinderen van kantoormensen nergens last van hebben, en die van buschauffeurs ook niet. Maar dokterskinderen klagen dat de dokter hen nooit zag staan, al hadden ze longontsteking, kinderen van beroepsmilitairen voeren eeuwig oorlog met hun vader en domineeszonen worden komiek.

Ik heb een collega die is opgegroeid in een café. Zijn moeder had een zaak en is maar liefst twee keer met een kastelein getrouwd. Toen de eerste zich had doodgedronken, nam ze een nieuwe. Aan mijn collega kun je zijn achtergrond nog goed merken. Hij krijgt nooit ruzie in een café. Wat de mensen om hem heen ook staan te bazelen, alles glijdt langs hem af. Hij tuurt tevreden in zijn glas en als het leeg is, bestelt hij er nog een. Daarvoor hoeft hij alleen een wenkbrauw op te trekken, de barkeeper ziet hem meteen. Hij weet precies wanneer hij een rondje moet geven en van wie hij er nog een te goed heeft. En als hij genoeg heeft gehad, gaat hij zonder komedie naar huis. Nul fout.

KAN IK HEM NOG RUILEN?

A min B plus C
B plus D of E

Huil je mee?

Kees Stip

Feminisme

'Sind Sie Feministin?' vroeg de Duitser met een ernstig gezicht. Duitsers kijken bij iedere vraag alsof er een vonnis geveld moet worden, want het is een tobberig volk. Ik dacht na. Vroeger zei ik onbekommerd 'ja' als iemand vroeg of ik feministe ben, maar er zijn nogal wat ayatollahs onder de feministen en daar wil ik niks mee te maken hebben. Vanzelfsprekend vind ik dat vrouwen even veel kansen in de maatschappij moeten krijgen als mannen en even veel moeten verdienen. Dat is nog steeds niet het geval en de werkgevers proberen de gelijkstelling uit alle macht te saboteren, want vrouwen met rechten zijn duur. Kinderopvang kost geld en het zou heel wat eenvoudiger zijn als de dames lekker thuisbleven en voorleesmoeder werden in plaats van computerdeskundige of afdelingshoofd.

Maar ik geloof niet dat mannen stiekem samenzweren om vrouwen onder de duim te houden. Ze zouden wel gek zijn om zich in te spannen, want vrouwen zijn er in het algemeen als de kippen bij om zichzelf of elkaar de vooruitgang onmogelijk te maken.

Toen de vrouwenstrijd pas was uitgevonden, ging ik graag naar praatavonden in het Vrouwenhuis. Je kon er lachen. De verhalen van vrouwen over hun huwelijk waren soms verschrikkelijk geestig en de strekking was optimistisch.

Ik herinner me een vrouw van een jaar of vijfenveertig die vertelde hoe haar man iedere avond op de bank naar de televisie keek en intussen opdrachten gaf: 'Heb je nog koffie, waar is de televisiegids, kan het licht aan?' Op een dag had ze er genoeg van. Toen hij vroeg of het licht aan kon, zei ze 'ja', maar deed niks, ze vertelde waar de gids lag, en in plaats van koffie te zetten, ging ze naar het Vrouwenhuis. Dat beviel hem niet en hij foeterde tegen haar dat het geen manier was hem in zijn eentje te laten zitten, ze had warempel de hele dag om met vriendinnen te leuteren, terwijl hij zich uit de naad werkte voor het hele gezin.

'Zal ik een baan zoeken?' bood zijn vrouw aan, 'dan mag jij voortaan zwabberen.' Er werd geapplaudisseerd en andere vrouwen vertelden hoe zij zich probeerden te bevrijden van het juk van het huisvrouwenbestaan. We wilden een betere toekomst, we wilden werk, geld en collega's.

Ik had gehoopt dat vrouwen in horden de arbeidsmarkt zouden bestormen, dat ze de baby's naar de crèche zouden brengen, de was de deur uit zouden doen en hun vent erbij als de gang van zaken hem niet beviel. Maar zo ging het niet. Er zijn wel vrouwen die een carrière zijn begonnen, maar veel vrouwen laten de boel weer in de lap hangen als ze moeder zijn geworden. Dat ligt waarschijnlijk aan de hormonen. De natuur rekent niet op nobele gevoelens zoals plichtsgevoel en moederliefde. Vogels die eieren hebben gelegd, krijgen lichte ontstekingen op hun borst, broedplekken, waardoor ze het lekker vinden om op de koele eieren te zitten en dat is maar goed ook, anders bleef geen vogel op het nest. Bij de mens zal het niet veel anders zijn.

Ik vind het jammer als ik hoor dat een zakenvrouw, een politica, een schrijfster of een andere dame met vooruitzichten haar baan heeft opgegeven omdat ze van de kinderen wil genieten. Het is niet goed voor onze statistieken. Slechts 13 procent van de managers in Nederland is vrouw, 25 procent van de politici. Kunstenaressen klagen dat er zo weinig kunstenaressen zijn en alle koks zijn mannen. Dat ligt vast voor een deel aan de mannen, die ervoor waken dat hun baan niet door een vrouw wordt afgepakt, maar het ligt ook aan ons. Toen er pas computers op de markt waren, lieten vrouwen het vanaf de eerste dag afweten. Mannen maakten zich razendsnel Basic, Pascal en WordPerfect eigen en vrouwen gingen naar een speciaal weekendkamp om hun angst voor computers af te leren. Vrouwen zijn zo verschrikkelijk onhandig! Terwijl mannen al hun tijd besteden aan de baas worden en de baas blijven, proberen vrouwen voornamelijk een beter mens te worden. En voor wie eigenlijk?

Het feminisme komt in golven en ik zou graag zien dat de volgende golf die aan komt rollen, de vrouwen er eens flink van langs geeft, te beginnen met de zogenaamde damesbladen. Dat zijn geen bastions van het mannelijke denken, maar vrouwelijke valkuilen. De formule van het damesblad is het goede voornemen. In de komende week gaat de lezeres de slaapkamer opnieuw aankleden, een ander kapsel proberen en vijf kilo afvallen omdat de lente er aankomt. Daar komt natuurlijk niets van terecht maar dat geeft niet, in het volgende nummer komen nieuwe kansen. Daarin staat hoe je een droombalkon moet inrichten, je borsten fraai moet houden en zeven kilo kunt afvallen in anderhalve dag.

Wat was er mis met de oude slaapkamer, hoe durft de redactie nog aan te komen met het sprookje dat hangborsten te voorkomen zijn als je je best maar doet en waarom moeten we afvallen, iedere week weer? Ieder mens is graag mooi van gestalte, we willen leuke kleren aan, maar aan het gevit op vet in de damesbladen komt nooit een eind.

Een poosje geleden was er een Amerikaanse feministe in het land, die kwam vertellen dat het de eis van de machthebbers is dat vrouwen eruit moeten zien alsof ze nooit te eten krijgen, maar ik geloof haar niet. We zijn het zelf! Vrouwen vinden dat vrouwen slank moeten zijn, mannen hebben er absoluut geen boodschap aan.

Na haar bezoek schreef de Amerikaanse vrouw hoe ze in Nederland was ontvangen. Vooral over de mannen had ze klachten. Die hadden haar onheus bejegend en gezegd dat ze er leuk uitzag, waarmee ze voor de zoveelste keer bewezen dat ze vrouwen uitsluitend zien als een dingetje bij de thee. Ik vond haar reactie niet verstandig. Wie luistert er nou naar wat een man over vrouwen te vertellen heeft?

Van vrouwen hebben we meer te duchten. Die weten

hun dolken veel dieper in ons zelfvertrouwen te stoten dan een man ooit kan.

'Ben je aangekomen?' vraagt je beste vriendin. 'Je rok zit zo raar.'

De accountant

De Amerikaanse psycholoog was een lange magere man die gastcolleges gaf op middelbare scholen. Aan hem zou je geheimen kunnen vertellen, schoot het door me heen. Ik wist wel honderd bekentenissen te bedenken die hem verbaasd zouden doen staan, maar zijn college ging niet over confidenties. Psychologen waren onderzoekers, zei hij streng, ze onderzochten het menselijk gedrag op wetenschappelijke wijze. Zelfs de klinische psychologie, de enige tak van de zielkunde die zich met therapie bezighield, was in de eerste plaats geïnteresseerd in feiten, niet in hartsgeheimen.

Mensen willen graag bekennen. Ik heb eens van een psycholoog die bij de politie werkte gehoord, dat het niet door het vernuft van de recherche komt dat misdaden worden opgelost, maar doordat de boef een onweerstaanbare behoefte heeft op te biechten wat hij heeft misdreven.

Diep in ons hart koesteren we onze kuil en als de juiste persoon is gekomen, vertellen we alles wat we tot dan toe hadden verzwegen.

Lang geleden was het de taak van priesters de mensen aan te horen. Katholieke priesters hadden het prettigste werk. Ze zaten in een houten kooi en luisterden in het donker naar duistere geheimen. Die waren heel wat spannender dan hun eigen leven van deugdzaamheid en onthouding.

'Heb je jezelf nog ontuchtig betast?' mochten ze vragen en daarop kwam er een golf van gratis porno.

Diezelfde psycholoog die wist te vertellen van de bekentenisdrang bij misdadigers, zei dat mensen veel ongeremder praten als ze weten dat niemand ze ziet. Er is ooit een experiment gedaan met proefpersonen die tot aan hun schouders verscholen zaten onder een enorme papieren muts. Ze werden in een kring opgesteld en kregen de opdracht een gesprek te voeren waarbij ze zo vrijmoedig mogelijk zouden spreken. De uitkomst van het experiment was verbijsterend. Keurig nette mensen bedienden zich vanonder hun papieren vesting van de meest grove taal. Gevoelige types, die er zonder muts niet over zouden piekeren een ander te beledigen, kwetsten erop los, schaamteloos ontblootten de proefpersonen hun ziel.

De tijden zijn veranderd. De katholieke kerk heeft de biecht afgeschaft, als de dominee langskomt zegt niemand wat en de grote bloeitijd van de psychotherapie is voorbij. Er moest een nieuwe vertrouwenspersoon komen en hij is er: de accountant.

De accountant heeft inzage in alles wat er gebeurt in een huishouden, hij weet precies hoe veel geld er verdiend is, waar het aan wordt besteed en wat de geheime genoegens van zijn cliëntele zijn.

'Ik zie hier dat u een computer hebt gekocht, is die ten behoeve van uw werk?'

'Nou, eigenlijk hebben we hem voor de kinderen, om hun werkstukken mee te schrijven, maar u begrijpt, ze doen ook veel computerspelletjes. Is hij nu nog wel aftrekbaar?'

'Hmm, ik zal eens zien,' zegt de accountant. 'Heeft uw dochter een beugel? Is dit de rekening van het nieuwe bankstel? Waar zijn de bonnen van uw vakantie in Portugal?'

De accountant weet van je facelift, van de fitnessclub en van de bontjas, die je alleen in het buitenland aan durft. Hij weet dat je stiekem opgehouden bent met de cursus management nadat je twee keer voor het eerste tentamen was gezakt en van de geheimzinnige diners in een restaurant in Borculo in de periode dat de familie dacht dat je op zakenreis naar Brussel was.

De accountant ziet niet alleen alles, hij heeft ook een mening.

Een vriendin wilde gaan trouwen. 'Zou je dat wel doen?' vroeg haar accountant. 'Het leven van een tweeverdiener is fiscaal bepaald onvoordelig en je bent al zo kwetsbaar met jouw inkomensplaatje.'

'Het betreft een buitenlander,' zei mijn vriendin, 'hij krijgt geen verblijfsvergunning als we niet trouwen.'

De accountant schudde afkeurend het hoofd. 'Ook dat nog,' zuchtte hij, 'daar zou je al helemaal niet aan moeten beginnen. Tegen de tijd dat je wilt scheiden, laat hij je niet los. En scheiden is heus voordeliger, nog beter dan ongehuwd blijven trouwens.'

'Maar ik hou van hem!' protesteerde de vriendin.

De accountant zweeg een poosje. 'Misschien kunnen

jullie op twee adressen gaan wonen,' stelde hij voor.

Niet iedereen heeft een accountant, maar tevoren had ook niet iedereen een psychiater. Het is een proces dat in de sociaal-economisch bevoorrechte kringen begint en op den duur uitwaaiert naar lagere regionen. In andere landen is het al zover. In een televisieprogramma over Zweden werd een gezin getoond dat helemaal volgens de richtlijnen van de accountant leefde. Het echtpaar woonde ongehuwd samen, had een torenhoge schuld vanwege de renteaftrek en een tweede huis vanwege de hypotheek. Dat huis knapten ze zelf op, in de eerste plaats omdat de sociale lasten voor een klusjesman in Zweden niet te tillen zijn, maar ook omdat bouwmaterialen aftrekbaar waren.

Zo veel invloed heeft de financiële adviseur in Nederland nog niet. Maar ik hoorde laatst wel iemand zeggen dat hij een vrouwelijke accountant had genomen. Vrouwen hebben meer begrip.

Vakantie

Mijn verloofde is een leuke man, maar hij is dom en eigenwijs. Dat vindt hij van mij trouwens ook en ik denk dat we gelijk hebben, want we hebben elkaar goed leren kennen. Niet door dagelijkse omgang, want we wonen niet samen, maar op reis, in Frankrijk.

We waren nog maar pas met elkaar en maakten een voettocht over een berg. In een café hadden we gevraagd of het nog ver was tot het volgende dorp. 'Nog zes uur lopen,' zeiden ze in het café, 'want je moet over de Pic des Mouches, dat is geen gemakkelijke tocht.' We keken op de kaart. Een kippeneindje, meenden wij, we waren immers ervaren bergwandelaars? Na vier uur ploeteren dachten we dat we een kortere weg wisten en even later zaten we volstrekt verdwaald boven op de berg in de stromende regen op een slijmerige boomwortel. Dom en eigenwijs. Het was inmiddels donker en we beseften dat we de nacht op de berg zouden moeten doorbrengen, op een enge richel, zonder eten of drinken, met alleen elkander als gezelschap en onze sombere gedachten, want wie garandeerde ons dat we de weg terug ooit nog zouden vinden?

'Als ik het vannacht met deze man uithoud,' dacht ik, 'dan lukt het de eerstkomende tien jaar ook.'

Het bleek zo te zijn.

Op reis leer je de ander kennen. Iedere eigenschap steekt helder af tegen de achtergrond van de min of meer onbekende omgeving. De hele nacht keek mijn nieuwe verloofde naar de sterrenloze hemel. 'Ik geloof dat het al lichter wordt,' zei hij optimistisch, terwijl de regen neergutste.

Lang geleden had ik een sombere verloofde. Hij zocht vergetelheid in spionageromans en griezelfilms en als het mooi weer was, ging hij in bed liggen en deed de gordijnen dicht. We zijn één keer samen op reis geweest, in Engeland. Het aardige van Engeland vind ik, afgezien van het mooie landschap, dat er in ieder dorp een café is waar veel Engelsen vastberaden bezig zijn dronken te worden. Dat vind ik gezellig. Maar we gingen nooit naar een café. We fietsten langs verlaten landweggetjes en 's avonds kampeerden we in het wild. 's Ochtends regende het meestal.

Met mijn huidige verloofde kampeer ik ook, maar dan op grote campings waar we onze ogen uitkijken naar het gezinsleven van de buren. Soms arriveert er een kleine tent op de camping. Daar zit meestal een liefdespaar in. Aan alles kun je zien hoe het met ze gaat. Er zijn er die in perfecte harmonie samen de tent opzetten en dan een keukentje stichten waar ze blikken soep warmen en koffie zetten. Dat is ontroerend, maar voor de toeschouwer een beetje saai. Veel leuker is het, als er van alles misgaat. Op de camping waar we vorig jaar stonden was een viertal, twee broers met hun vriendinnen. De broers hadden het fantastisch samen. Ze hadden zeilplanken en surften erop los, ze hadden racefietsen en trokken samen de bergen in om een colletje te rijden. De meisjes bleven thuis en lazen een boek. Een van hen las voor haar plezier en ging ook af en toe surfen, maar de ander verkommerde. Als haar vriend van een fietstochtje terugkwam, maakte ze ruzie met hem. Ze verweet hem dat hij het naar zijn zin had en dat hij haar daar niet bij betrok. 'Ga dan ook iets leuks doen!' zei de vriend, maar ze wist niks leuks. Hij nam haar al het plezier af, vond ze, en om te laten zien wat een rotvakantie ze had, ging ze de was doen, op de hand met een emmertje en een blok zeep. Na een dag of tien vertrok het viertal, maar ik wist hoe hun leven verder zou gaan.

Omdat reisgenoten vrijwel de hele dag in elkaars gezelschap verkeren, is er geen ontsnappen aan en juist de belangrijkste karakterfouten zijn zichtbaar. Gierigheid bijvoorbeeld. Ik ken een vrouw die getrouwd is geweest met een man die verschrikkelijk gierig was. Ieder jaar gingen ze met vakantie naar Portugal, buiten het hoogseizoen, want dat scheelde in prijs. Portugal was verbazend goedkoop, constateerde de man ieder jaar weer tevreden. Een fles wijn kostte er werkelijk niets! Maar hoe goedkoop het land ook was, hij draaide iedere escudo om. Ze reisden in een busje waar een bed in paste en een klein aanrecht. Koffiezetten deden ze in de bus, want de man vond het zonde om geld uit te geven in een café. Dat zei hij natuurlijk niet. Hij beweerde dat hij de Hollandse koffie lekkerder vond dan de Portugese. Buitenshuis eten wilde hij ook liever niet. Alleen toen de vrouw hem had voorgerekend dat het werkelijk niet voordeliger was om zelf te koken, schikte de man zich erin dat ze drie keer per week in een restaurant aten, een piepklein eethuisje ver weg van de mondaine toeristen. 'Veel authentieker dan op de boulevard,' zei de man, 'dit is het echte Portugal.'

Sommige toeristen zouden liever reizigers zijn. Ze zijn op zoek naar de ziel van een land. Ze willen ongerepte stranden ontdekken vlak bij een vissersdorpje waar nooit eerder een vreemdeling is geweest. Gerard is er zo een. Door het jaar heen is Gerard een gewone man die naar kantoor gaat, maar in de zomervakantie wil hij wat beleven. Dan gaat hij met zijn gezin naar Frankrijk, waar hij een adres weet van een boer die zijn slaapkamer verhuurt aan Nederlanders die het Franse boerenleven willen meemaken. Dat heb je veel in Frankrijk. Ik heb ook eens per ongeluk in zo'n gelegenheid gelogeerd en ik vond het iets verschrikkelijks. Je moest mee-eten met de familie in de keuken en gezellig Frans praten, maar ik kreeg er geen woord uit en ik kon mijn ogen niet afhouden van het kabinet in de hoek waarop een regiment poppetjes in klederdracht uit alle landen stond uitgestald. Nederland was vertegenwoordigd door een soort sinterklaas. Terwijl ik probeerde iets minder te zwijgen, meierde de gastheer maar door over het probleem met al die Arabieren die Frankrijk tegenwoordig onveilig maakten. Authentiek was het wel.

Gerard heeft daar allemaal geen last van. Hij neemt zelf het woord en praat de hele dag Frans, zelfs met zijn kinderen, want hij hoopt dat die in de vakantie de taal leren. 'Qui veut du limonade?' vraagt hij opgewekt. 'Hè toe, papa,' zeggen de kinderen gegeneerd, 'praat nou gewoon.'

Gerards vrouw is ook niet onverdeeld enthousiast over de vakantie à la ferme, maar ze is allang blij dat Gerard niet is zoals de man met wie ze vroeger verkering had. Die wilde om zes uur eten. Ook in landen waar de mensen om acht uur pas aan tafel gaan of zelfs later, wilde hij eten op etenstijd en wat hem betreft was dat zes uur. Als er om halfzeven nog niets geserveerd was, raakte hij uit zijn humeur. In een leeg restaurant zat hij met zijn bestek te trommelen tot de haastig warm gemaakte soep op tafel kwam. Dat heeft Gerard helemaal niet. Die zou het liefst altijd op zijn Frans willen leven. Na de vakantie duurt het altijd een poosje voor hij weer kip wil eten in plaats van poule en voor hij het natafelen weer heeft afgeleerd. Wat wel blijft, is dat hij 'bon appetit' zegt voor hij aan de soep begint en 's avonds in bed fluistert hij 'je t'aime' en 'chérie'. Dat vindt zijn vrouw niet erg. Ze wist vanaf het begin dat Gerard romantisch is. Ze heeft het negen jaar geleden ontdekt op hun allereerste vakantie. Ze waren in Frankrijk en Gerard wilde steeds zoenen in het maanlicht. Toen ze weer in Nederland waren, was er geen tijd om te wandelen, want Gerard moest naar kantoor. Maanlicht zien ze ook niet vaak, maar zoenen doen ze nog steeds.

Dromen

Toen ik dertien was, sloot ik mijn eerste minnaar in mijn armen en sindsdien heb ik er een heleboel gehad. Dat ik niet vreemdga, is dus niet zozeer uit braafheid, maar uit een gebrek aan belangstelling. Ik weet ongeveer hoe alle andere mannen smaken.

Alleen 's nachts is het anders. Geregeld droom ik dat ik hopeloos verliefd ben op een andere man, meestal een onbekende en een enkele keer een man uit mijn omgeving. Laatst was het Henk.

Ach, met Henk, wat een onverwacht genoegen, dacht ik toen ik wakker werd. Henk is op het eerste gezicht geen begeerlijke man. Hij is een beetje sprietig, geen kerel die je hart in vuur en vlam zet. Toch bekijk ik hem sinds zijn bezoek aan mijn onderbewuste met andere ogen. Daar heeft Henk geen weet van, ik heb hem niet verteld dat ik van hem heb gedroomd. Dat leek me beter. Hij ziet me aankomen en voor mijn huidige verloofde vind ik het ook sneu. Hij weet niet dat ik 's nachts zo woelig ben.

Ik geloof niet dat mijn dromen wensdromen zijn. Ik ben in het algemeen tevreden met ons liefdeleven en het is tegenwoordig toch al niet verstandig roekeloos te zijn in de partnerkeuze. Je kunt er een ongeneeslijke geslachtsziekte door oplopen. Wat dat betreft ben ik goed voorgelicht, zo goed zelfs, dat mijn onderbewuste ook op de hoogte is.

Laatst droomde ik van een badmeester. We flirtten met elkaar en spraken af in een badhokje op de damesafdeling. Ik ontwaakte uit de droom toen ik de man met klem vroeg: 'Heb je wel condooms bij je?'

Hij had ze, maar ik was al vertrokken naar de wereld van de dag en de relatietrouw.

Ik weet niet of ik in de werkelijkheid plezier zou beleven aan een anonieme minnaar. Ik heb het een keer meegemaakt en het viel tegen met de seks.

Mijn naamloze partner wilde laten zien wat hij kon. In een razend tempo werkte hij zijn hele repertoire af: zoenen, likken, poetsen, bijten, wrijven, kneden en vingeren, geen moeite was hem te veel. Ik kon het zo gauw niet wisselen, maar dankbaar was ik wel. Ik vond zijn bedrevenheid opwindend. Ik heb mijn fantasieën soms met de herinnering aan hem opgesierd.

Veel mannen zeggen dat ze het enig zouden vinden zonder plichtplegingen met iemand te verkeren, maar er zijn ook mannen voor wie het stereotiep niet geldt. Willem bijvoorbeeld.

Willem is een van de mooiste mannen die ik ken. Hij is groot, breed en sterk, hij heeft blauwgroene ogen, witte tanden en een gave huid. Hij is zachtmoedig en opgeruimd van humeur. Willem zou wel twintig vriendinnen kunnen krijgen, maar dat wil hij niet. Hij wil er maar één. Die heeft hij nog niet gevonden.

'Hoe houd jij de gegadigden van je lijf?' vroeg ik.

Willem lachte vrolijk. 'Ik zeg nee,' zei hij.

Dat hoor je niet veel, een man die nee zegt. Er zijn wel mannen die een afwerende houding aannemen waardoor ze geen ongewenste intimiteiten uitlokken, maar zo is Willem niet. Die gaat iedere zaterdagavond dansen, dat doet hij met hart en ziel. Hij lonkt en hij wenkt, hij draait en hij zwiert, hij is een vulkaan van sensualiteit. Vrouwen nodigen hem geregeld na het dansen uit om met hen mee te gaan. Dat doet hij niet. 'Nee,' zegt hij.

'Waarom niet?' vragen ze beduusd.

'Omdat ik dan toch eerst heel veel van je zou moeten houden,' zegt Willem in zo'n geval, 'en zover is het nog niet.'

Van Willem zou ik zelfs niet durven dromen. Van Henk trouwens ook niet meer. Ik hoorde dat hij zo schreeuwt in bed. Niet dat hij de hele tijd ligt te kermen, maar een vrouw die een poosje verkering met hem heeft gehad, vertelde dat hij op het hoogtepunt van de opwinding enorm tekeergaat. Dat had ik niet achter Henk gezocht. Ik zei het al, hij is geen indrukwekkende man, hij doet denken aan een kabouter, zo'n geitenwollen meneer die in het weekend van de natuur houdt, een man die niemand tot last is. Waarom hij zo ligt te schreeuwen bij het orgasme weet ik niet. Misschien denkt hij dat hij zijn erotische gevoelens er beter mee overbrengt.

Vrouwen schreeuwen soms ook bij de seks om te laten weten dat ze in vervoering zijn. Ik heb eens aan een seksuologe gevraagd of die herrie spontaan is of gespeeld. Zij haalde haar schouders op. 'Het zal misschien spontaan opwellen,' zei ze, 'maar schreeuwen hoort niet bij seks. Het lijkt me meer een uiting van angst, vertwijfeling of woede. Die gevoelens kunnen in bed allicht ook ontstaan.'

Ze begon aan een uiteenzetting over de biologische kant van de liefde en hoe broos de grenzen tussen seks en agressie in de dierenwereld zijn. Iedereen weet dat damesspinnen hun liefdespartner na gedane zaken opeten en dat bijna alle mannetjesdieren het wijfje voorzichtig benaderen omdat ze weleens geducht wil bijten of trappen. 'Bij mensen bestaat seks ook niet enkel uit romantiek,' besloot ze. 'Was sich liebt das neckt sich. Schreeuwen hoeft niet te wijzen op frustratie.'

'En veelvuldig erotisch dromen over andere mannen?' vroeg ik.

'Hetzelfde,' zei ze, 'het kan wijzen op een onbevredigende relatie, maar het hoeft niet.'

Dat was plezier om te horen. Maar Henk komt er niet meer in. Laat die een ander maar uit z'n slaap houden.

Het geluk

'Hoe gaat het?' vragen de mensen en het antwoord is: 'Goed.' Iedereen zegt goed, maar ík meen het. Ik ben gelukkig. Het ligt voor een deel aan de omstandigheden: ik doe werk waar ik schik in heb, ik heb een vriendelijke verloofde om van te houden en ik heb een huis met een uitzicht.

Dat laatste schijnt goed te zijn tegen oerangsten. De mens is een steppedier geweest en de rudimentaire resten in onze hersenen willen af en toe nog over de vlakte turen. Dat heb ik niet zelf bedacht. Ik heb het uit een boek over de werking van de hersenen. Er stond ook een verhandeling in over endorfine, een morfine-achtige stof die door de hersenen gemaakt wordt om de pijn van het leven te verzachten.

Mensen die een fraaie endorfinehuishouding hebben, voelen zich gelukkig. Als ze in de regen bij de tramhalte staan te wachten, denken ze: Straks ben ik lekker thuis. Doordat ze nooit chagrijnig zijn, maken ze gemakkelijk vrienden, eenzaamheid kennen ze alleen uit mooie romans, en als hun fiets gestolen wordt, zeggen ze flink: 'Pech gehad!' en voelen ze zich vervolgens tevreden omdat ze zo harmonisch op het verlies gereageerd hebben.

Zoals alles in de wereld, is endorfine niet eerlijk verdeeld onder de mensen. Sommigen kunnen alleen met de allergrootste moeite een paar scheutjes troost ontfutselen aan hun onwillig brein. Die mensen zijn gevoelig voor verslavingen. Alcohol, verdovende middelen en zelfs chocola en hardlopen kunnen endorfine oproepen. Daarom misschien eet een verveelde huisvrouw in één middag een pond bonbons en lopen bange veertigers de marathon.

Ik hoef dat allemaal niet. Zodra ik tegenslag ontmoet, gaat in mijn bovenkamer de kraan open: endorfine, zoveel ik wil. Ik ben van nature gelukkig. In het sociale verkeer is het weleens lastig. Over geluk valt niets te zeggen. Gesprekken van vrouwen onder elkaar gaan zelden over de toestand in de wereld of de prijs van de bloemkool. Wij praten graag over elkaar, over hoe het gaat met de relaties.

Tien jaar geleden kon ik er nog wel aan meedoen. Toen had ik een gebroken hart. Liefde schijnt een van de belangrijkste bronnen van endorfine te zijn. Als je verliefd bent, stroomt de endorfine, dus als de verkering uitgaat, krijg je onthoudingsverschijnselen. Ik had indertijd wel een bijzonder koude kalkoen opgediend gekregen, want de man van wie ik hield had me plotselig verlaten voor niemand minder dan zijn eigen vrouw. Wekenlang worstelde ik om mijn leven weer bestuurbaar te maken, maar ten slotte kwam het vertrouwde tevreden gevoel terug: endorfine, en al spoedig een nieuwe romance.

Sindsdien praat ik over de problemen van anderen.

Bianca is na tweeëntwintig jaar huwelijk gescheiden omdat ze, toen de kinderen groot waren, nog wat van haar leven wilde maken. Ze kocht een huis dat zo groot is dat ze er een hotel in zou kunnen beginnen en huilt iedere dag omdat het zo stil is om haar heen. Lenie is plotseling gaan samenwonen met een man die ze nog maar twee maanden kent. Nu heeft ze een boekenkast vol Ludlum en kookt ze iedere dag aardappelen met jus. Sophie maakt carrière en daar krijgt haar vriend het van in zijn rug en Willemijn wil een man, maar niemand wil haar hebben.

Verreweg de meeste gespreksstof krijgen we door Anita, een vrouw met een rampzalig liefdeleven. Ze begon er al vroeg mee. Op de middelbare school werd ze steevast verliefd op jongens uit hogere klassen die niet wisten dat ze bestond en wat ze voor hen voelde. Tijdens de les ging ze met een smoesje de klas uit om aan haar geliefde z'n jas te ruiken. Dan was ze even dicht bij hem. Toen ik Anita leerde kennen was ze dertig en net gescheiden van een plurk van een kerel die zijn slechte humeur op Anita botvierde en haar soms sloeg. Na de scheiding volgde een reeks treurige romances met mannen die onbetrouwbaar, onverschillig, onvolwassen of anderszins ontoereikend waren. 'Ik heb altijd pech,' zuchtte Anita en liet zich in de armen van de volgende rotzak zinken. Daar hadden we het dan over, met vrouwen onder elkaar.

'Wat doen we eigenlijk nog met mannen?' riep Anita eens. 'Waarom worden we niet heerlijk lesbisch?' Maar dat kan niet. Voor homoseksualiteit moet je een natuurlijke dispositie hebben. Ik kan het weten, want ik heb het serieus geprobeerd. Het ging niet. Ik ben een aantal keren met een vrouw naar bed geweest, maar het smaakte toch een beetje naar lammetjespap. Ik vond vrouwen niet lekker. Ik hou wel van ze. Vroeger niet. Voordat het feminisme opnieuw werd uitgevonden, had ik steeds ruzie met ze. Ik trouwde niet en kreeg geen kinderen, dus had ik ook niet veel geduld met gesprekken over kinderen, over mannen die veeleisend waren en ontrouw. Ik was zelf ontrouw.

Een van de aardige gevolgen van het feminisme is dat vrouwen minder wantrouwig jegens elkaar zijn, én dat vriendschap van vrouwen onderling hoger gewaardeerd wordt. Dat was vroeger wel anders. Ik herinner me dat mijn moeder vriendinnen op de koffie uitnodigde, met wie ze zich slap lachte. Als mijn vader thuiskwam, verstomde de gezelligheid en slopen de vriendinnen het huis uit. Ze schaamden zich voor hun geklets.

Ik ken nog maar één vrouw die neerkijkt op vrouwen. Ze heet Tineke en ze voert nooit een gesprek over relaties.

'Weerzinwekkend,' zegt zij, 'dat gekonkel van vrouwen over hun baas.' Tineke houdt niet van vrouwen. Als ze met een vrouw naar het theater gaat, is het omdat er geen cavalier beschikbaar was en als ze op een feest met een vrouw staat te praten, tuurt ze in de verte, want met vrouwen praten zet geen zoden aan de dijk.

'Waarom zou ik aardig tegen vrouwen doen? Je dacht toch niet dat al die feministische vriendelijkheid oprecht is? Vrouwen zijn alleen maar aardig voor andere vrouwen, zolang die lelijker, dommer of machtelozer zijn dan zijzelf,' vindt Tineke. 'Mannen zijn in principe geen haar beter, maar die gaan er al van uit dat je dommer en machtelozer bent dan zij, dus vallen ze je niet aan.'

Tineke was het liefst zelf een man geweest. Ze heeft eens gezegd dat ze dan heel wat gelukkiger was geworden, maar ik betwijfel het. Ze zit niet goed in haar endorfine.

De auto

Manneneer bestaat, maar hij wordt niet meer bevochten door dappere ridders met zwaarden of in een duel bij zonsopgang. Een echte man verdedigt zijn eer in het verkeer.

Alle andere automobilisten zijn klootzakken die niet kunnen rijden, daarom moet hij inhalen, doordouwen, optrekken.

Bij een stoplicht houden aartsvijanden een arendsblik gericht op het verspringen van de kleur: de eerste auto die naar voren schiet heeft gewonnen. Acceleratie heet dat en ik heb nooit begrepen waar het voor diende, tot een man me vertelde dat hij het verschrikkelijk vond als hij op een kruispunt naast een ander stond en ook maar een seconde later optrok. 'Waarom?' vroeg ik nieuwsgierig. 'Omdat die lampenkappen achter me dan gaan toeteren,' zei hij. Ik heb erop gelet, maar dat is helemaal niet waar. Niemand gaat toeteren, tenminste niet in Nederland. Het is iets anders, iets oorlogszuchtigs dat maakt dat mannen niet tegen andere automobilisten kunnen.

Als een man de deur uit gaat, rammelt hij met zijn contactsleutels. Voor hij zijn auto in stapt, kijkt hij naar links en naar rechts of er al vijanden aan de horizon zijn. En als de motor niet onmiddellijk aanslaat, vloekt hij. Er is geen diepere vernedering dan een leeggestarte accu, een auto die aangesleept moet worden of geduwd. Je kunt het zien als je 's ochtends op kantoor komt, vooral als het koud is en gevoelige auto's het hebben laten afweten: die man is in z'n twee gestart.

Ik ken overigens vriendelijke, rustige mannen die op de weg in furies veranderen. Ze trommelen op het dashboard, ze haten alle andere weggebruikers en ze mikken op fietsers en voetgangers. Die horen niet op hun weg! Scheldend op alles wat ze passeren en tierend tegen iedereen die hen passeert, rijden ze naar hun bestemming. Wanneer ze een parkeerplaats vinden, is de veldslag even geschorst.

Vooral automobilisten die in een auto rijden die net iets te duur voor ze is, hebben het te kwaad. Er bestaat een hiërarchie van automerken en een gedragscode die sterker geldt dan de verkeersregels van het rijexamen. Iemand die in een dure auto rijdt, laat zich niet inhalen door een Golfje. Al moet hij er drie straten te ver voor doorrijden, die Golf gaat eraan. Een man die in een slordige Renault 4 rijdt, vertelde dat hij altijd boze blikken toegeworpen krijgt als hij van rechts komt. Renaultjes zouden geen voorrang moeten hebben boven een ordentelijke personenauto.

Mannen lijken op hun auto. Het is niet zo sterk als de gelijkenis met hun hond, maar ik ben nooit verbaasd als ik zie wat er uit een Mercedes komt stappen.

Voor mijn zuster hem zijn congé gaf, had ik een zwager die in een auto van de zaak reed. Het was geen prestigieuze auto, het was een merk als een skaileren aktetas, maar mijn zwager had geen keus want daar reden de werknemers van dat bedrijf nu eenmaal in. Mijn zwager schaamde zich dood voor dat ding en als hij een klant moest bezoeken, parkeerde hij een eindje verderop, zodat niemand hem uit zijn auto zag stappen.

Dat komt doordat een man zich vereenzelvigt met zijn auto. Je hoort het aan de manier waarop hij praat. 'Ik ga de auto wassen,' zegt hij op zaterdag. Het overkomt voorwerpen nooit dat ze worden gewassen. Ramen worden gelapt, een straat wordt geveegd, een caravan schoongemaakt, alleen een auto wordt gewassen, net als zijn eigenaar. Die wast zijn haren of zijn auto en het gaat nog verder. Als er iets aan de auto hapert, is het alsof het de baas zelf overkomt. Hij kan een tennisarm hebben of een kapotte remvoering, nieuwe schokbrekers laten plaatsen of een jacketkroon. Geen mens zegt dat de auto een lekke band heeft. 'Ik heb een lekke band' heet het. Vrouwen zeggen dat trouwens ook, maar daar houdt het mee op. Geen vrouw zal zeggen dat er iets aan haar kleppen mankeert. Dat komt misschien doordat vrouwen een minder sterke band hebben met de auto.

Voor veel mannen is de auto de enige plaats buiten het toilet waar ze alleen kunnen zijn. Overdag werken de meeste mannen te midden van anderen, thuis zijn ze bij hun gezin. Alleen in de auto kunnen ze hard zingen, vloeken, gekke gezichten trekken. Dat doen vrouwen thuis. Maar vrouwen kiezen hun auto, net als mannen, zorgvuldig. Ze willen graag een auto met een lief gezicht, heel vaak een klein autootje. Er bestaat een getekende mop van een vrachtauto, die naast een Fiatje bij het stoplicht staat. De chauffeur van de vrachtauto buigt zich uit het raam en roept naar de dame achter het stuur: 'Neemt hij al benzine, mevrouw, of voedt u hem nog zelf?'

In Duitsland schijnt een hele serie moppen te bestaan over een automerk, de Opel Manta. Het zijn Belgenmoppen, want de strekking is dat de Mantarijder niet helemaal bij de tijd is.

Ik vind alle automobilisten een beetje vreemd. Op de grote weg scheuren ze elkaar zo hard mogelijk voorbij en in de stad wantrouwen ze elkaar. Ik kan zelf niet rijden, maar iedere keer als ik op de passagiersplaats zit en er gebeurt iets engs waardoor we plotseling moeten uitwijken of remmen, bromt de chauffeur: 'Ik zag het al aankomen.' Het is ook nooit onze schuld. Ik las ergens dat een man die een andere man voor laat gaan, een teken terugkrijgt dat de ander afziet van de eer, niet uit wellevendheid, maar omdat hij zelf wel uitmaakt wanneer hij optrekt. Je neemt geen cadeautjes aan van de tegenpartij.

Er is nog een wonderlijke wedstrijd tussen automobilisten: mooi parkeren. In de meeste steden is een parkeerprobleem, maar een echte man vindt altijd een parkeerplaats. 'Ik sta om de hoek,' vertelt hij trots. Een man die geen parkeerplaats vindt, of een die vijf straten verderop ligt, is een piepeltje, een kerel van niks. Het lijkt waarachtig wel of ze een vrouw versierd hebben, een meid die te mooi of te jong voor ze is. 'Waar sta je?'

vraagt de gastheer aan de visite, en hij bedoelt: waar staat de auto?

'Voor de deur,' zegt de man met een geniepig grijnsje, 'voor die van jou.'

De vibrator

‘Mag ik je vibrator lenen?’ vroeg mijn vriendin.

‘Ja hoor,’ zei ik, ‘pak hem maar. Hij ligt in het stofmandje.’

Vroeger lag de vibrator bij me in bed, maar na een paar jaar plezier begon het ding me te vervelen. Toen de batterijen op waren, kocht ik geen nieuwe en ten slotte verhuisde de vibrator naar het stofmandje. Hij zag er afgetobd uit.

‘Zullen we een nieuwe voor je kopen?’ stelde ik voor. Maar dat wilde mijn vriendin niet. ‘Je denkt toch niet dat ik zo’n zompige sexshop binnenga, waar achter de schappen vieze mannen in boekjes staan te loeren en luisteren wat je bestelt. Gadverdamme, zo’n inloopzaak met een pluchen gordijn, met een videozaaltje erachter en sperma op de grond.’ Ze was niet meer te stuiten.

‘Hoe weet je dat zo goed?’ vroeg ik. Maar ze bleek nog nooit binnen te zijn geweest. Ze was steeds op de drempel weer omgekeerd. Ik gaf haar geen ongelijk. Ik ben niet erg schroomvallig als het om seks gaat, maar er hangt in de meeste sexshops een sfeer van wanhoop en eenzaamheid, die mensen die voor hun plezier vrijen wegjaagt.

‘Je wilt wel een tartaartje, maar het abattoir beneemt je de lust,’ zei mijn vriendin. ‘Zullen we het postorderbedrijf bellen?’ Het postorderbedrijf is er speciaal voor vrouwen die wel een vibrator willen kopen, maar liever zonder tussenkomst van een winkelbediende. Ik belde. ‘Stuur me maar wat moois,’ zei ik roekeloos. ‘Bezorg me maar een pretpakket.’

Een paar dagen later arriveerde met de avond-exprespost een grote doos. Ik zat aan tafel met mijn minnaar. We aten kaviaar op roggebrood en we dronken champagne.

Ik zette het pakket op een laag tafeltje en maakte het open. Op een bedje van piepschuimkorrels lagen vijftien cadeautjes, smaakvol verpakt in rood, zachtblauw, gebloemd en goudkleurig papier. ‘Wat geil!’ fluisterde ik hees. Mijn minnaar keek wantrouwig toe. Uit de lieflijke verpakking kwamen verschillende vervaarlijke hulpstukken: een bruin-rode vibrator in de vorm van een penis met als eikel een dameshoofd met Japanse gelaatstrekken. Op de schacht zat aan de ene kant een aapje en aan de andere kant een eekhoorn, die onafhankelijk van elkaar in werking gesteld konden worden. ‘Tarzan’ stond er op de doos waarin hij was gekomen en ter illustratie stond er nog een plaatje bij van een jongeman aan een touw die een juffrouw in zijn armen hield. Volgens de catalogus was hij de lieveling van het postorderbedrijf. Ik pakte de volgende verrassing uit: een vlinderachtig beest van zachte jelly, dat met elastische bandjes om je heupen gebonden kon worden en met een commando via de batterijhouder aan het werk kon worden gezet. Het ene pakje na het andere verloor zijn onschuldige uiterlijk. Een verleidelijke mintkleurige vibrator, een snoezige paarse, kleiner dan de mintkleurige en oneindig veel eleganter dan het barrel uit het stofmandje. Een zijden onderbroekje zonder kruis, een paar zwarte nylons.

Nog was de doos niet leeg! Een vleeskleurige harmonica, vrij naar het model van een bescheiden penis, die kon ronddraaien en in en uit bewegen, aangedreven door een batterij in het vooronder, met een hulpmotor die een vuistje liet trillen tegen de clitoris.

Mijn minnaar was inmiddels van tafel opgestaan.

'Vind je het niet enig?' vroeg ik.

'Nee,' zei hij en ging de krant lezen. Ik groef nog even door: drie vrolijke condooms die niet tegen zwangerschap beschermen, twee rubberen vingers met noppen in zwart en vleeskleur, twee zilveren balletjes die in de vagina gebracht kunnen worden en daar een trilling veroorzaken, een zilveren balletje dat op batterijen loopt en hetzelfde doet, een eetbaar onderbroekje.

Het grootste pakket bewaarde ik voor het laatst. Er kwam een gigantische zwarte penis uit, een kleverige halfzachte reuzenpik, te realistisch van beadering en verdacht van kleur. Was dit een knieval voor het stereotype dat zwarten een grote seksuele appetijt en navenante geslachtsdelen hebben?

'Jou vertrouw ik niet,' zei ik en deed hem terug in de doos. Daar vond ik nog een geitenoog. 'Ach, wat leuk, een geitenoog. Zullen we die straks proberen?' vroeg ik.
'Nee,' zei mijn minnaar en pakte zijn jas.

De volgende ochtend belde mijn vriendin. 'Ik heb ruzie,' zei ze. Ze was met de vibrator thuisgekomen en had hem aan haar man laten zien. 'Leuk hè?' had ze gezegd, maar haar man was woedend. 'Hij eruit of ik eruit!' had hij gezegd.

'Jammer,' zei ik, 'want ik heb hier een heel nest met vibrators staan, die je allemaal mag uitproberen, behalve één, want die wil ik zelf.' Ik keek naar het lage tafeltje waarop mijn apparatenpark lag uitgestald. Mijn blik viel op de mintkleurige. 'Twee,' zei ik.

'Ik kom eraan,' zei mijn vriendin.

Even later zat ze met de zwarte vibrator in haar hand. Aan haar voeten stond een plastic tas met testartikelen. Zij zou Tarzan uitproberen en de zilveren balletjes. De harmonica nam ze mee voor haar zuster. Ik zou de vlinder houden en de kleine accessoires, want ik houd niet erg van vibrators voor inwendig gebruik.

'Zwarte mannen hebben helemaal geen zwarte pik,' zei mijn vriendin. 'Dit is helemaal de verkeerde kleur, dit is zwarte-pietenzwart.'

'Ik vind hem te groot,' zei ik, 'volgens mij krijgt geen vrouw dat ding weg.'

'Mmm,' zei mijn vriendin, 'dat gaat wel.'

'En ik vind hem eng voelen, zo kleverig.'

'Hij voelt wel levensecht,' zei mijn vriendin, 'een beetje tussen hard en zacht in. Hij wordt warm als je hem een poosje in je hand houdt en hij is inderdaad een beetje kleverig. Net echt.' Ze kreeg een dromerige blik in haar ogen.

'Mijn man wast zich,' zei ik afgemeten, 'en ik verdenk deze vibrator van politiek onzindelijke vooroordelen.'

's Avonds probeerde ik de mintkleurige. Het was al een tijd geleden dat ik het had uitgemaakt met mijn eerste vibrator. Ik was verrast door de vaardigheid van deze nieuwe. 'Niet zo snel,' zei ik, 'er is nog meer te doen!' Ik haalde de vlinder uit het doosje en bond hem om. Bij het eerste signaal van de batterij ging het beest als een razende aan het werk, maar hij was niet effectief. Ik trok de touwtjes strakker aan, maar dat hielp niet. 'Je kunt er niks van,' zei ik na een poosje en schakelde hem uit, 'je bent wel ijverig maar je hebt geen beleid.'

De volgende ochtend belde ik mijn vriendin.

'Hartstikke leuk,' zei ze, 'maar je moet er wel handigheid in krijgen. In het begin zaten die beesten me eigenlijk vooral in de weg. En weet je zeker dat het geen kwaad kan, dat siliconenrubber? Een condoom gooi je weg en een vibrator kun je afwassen, maar zouden er geen scheurtjes in het materiaal komen waar bacteriën in gaan zitten? Op den duur gaat zo'n ding misschien echt leven!'

'Was je man nog boos?' vroeg ik.

'Jawel, maar dat is hij wel vaker. Van Tarzan weet hij niks. Gek hè, dat zo'n man jaloers wordt op een machine.'

'Heb je de zilveren balletjes al geprobeerd?'

'Nee,' zei ze, 'die doe ik toch maar niet. Stel dat je ze er niet meer uit krijgt. Ik zie me al zoemend en wel de spreekkamer van mijn huisarts binnen komen.'

'Er zit toch een touwtje aan!' zei ik, maar ik begreep

wel wat ze bedoelde. Penetratie is leuk, maar er is een grens aan het arsenaal van voorwerpen die je naar binnen steekt. Het was niet voor niets dat ik Tarzan en zijn menagerie de deur uit gedaan had.

Maar ik was nog meer van plan. Bij een groothandel die ook door een vrouw wordt gedreven, bestelde ik Jan Plezier, de Geile Stier. De catalogus beloofde een opblaaspop met krulhaar, waar je lekker doorheen kon woelen en een realistische penis.

'Opgelet, geestdriftige minnaars!' stond op de verpakking. 'Bijgesloten zit een lijmtube om eventuele beschadigingen door al te grote opwinding te repareren.' Ik kon haast niet wachten en lichtte Jan Plezier uit de doos. De realistische penis viel op de grond. Hij was zalmroze en hol vanbinnen. Trillen, roteren, in en uit bewegen was er niet bij. Ik begon spijt te krijgen dat ik Tarzan had laten adopteren. Ik keek mijn plastic minnaar aan. Erg knap kon ik hem niet vinden. Het blonde woelhaar besloeg maar een smalle strook en ging daarna over in een rode badmuts met een paar getekende haartjes erop. Oren had hij niet en ook geen warme blik. Zielloos staarden zijn ogen in de verte, maar dat was het ergste niet. Zijn mond stond open. Ver open. Was Jan Plezier misschien homoseksueel? Achter op zijn rug zat het opblaastuutje. Ik begon te blazen. Dat viel me niet mee. Na tien minuten hartstochtelijk persen hing Jan Plezier nog machteloos in mijn armen en tegen de tijd dat hij eindelijk vol lucht zat, bleek hij niet de forse minnaar die ik me had voorgesteld, maar een iel piechempje met tuttige puntvoetjes en poppenhanden.

Mooie billen had hij wel, met daartussen een gat. Jan was een nicht.

'Geeft niet schat,' zei ik met een dappere glimlach, 'we kunnen toch vrienden blijven.'

's Avonds belde ik Tarzan.

De nieuwe tijd

Wat me zo tegenvalt van de vooruitgang is dat hij niet opschiet. In de jaren zestig begon de seksuele revolutie, tien jaar later leken de vrijheden onbegrensd, maar nu de eeuw ten einde loopt lijkt het wel of we beland zijn waar we al waren: gevangen tussen twee ijzeren tangen, die van de eeuwige trouw en die van de ongeneeslijke geslachtsziekten. Het begon met herpes. Als je ergens verscheen met koortsuitslag op je lip, keken ze je aan alsof je melaats was, of erger.

Toen aids werd uitgevonden, kwam seksuele vrijzinnigheid gelijk te staan met kamikaze. Dokters verklaarden met zorgelijke gezichten dat seks mag, zolang de deelnemers een condoom dragen en hun slijmvliezen thuishouden. Het wonderlijke is dat het wel lijkt of niemand het jammer vindt dat de vrije tijd voorbij is, of de mensen blij zijn dat het niet meer hoeft.

'Kom je een borrel drinken?' vroeg een collega. 'Karin en ik vieren een klein jubileum.'

'Dat hebben jullie vorig jaar toch al gehad?' zei ik. 'Ik weet nog dat jullie toen een elektrische blikopener wilden hebben.'

'Dat is al veel langer geleden,' zei de collega, 'meer dan twee jaar. Toen vierden we de tiende verjaardag van onze liefde. Nu zijn we twaalf en een half jaar samen en we willen een cruise. We hebben een gironummer.'

Monogamie is modern en tot mijn verbazing bleek ik zelf, ondanks mijn twijfelachtige staat van dienst wat betreft mijn liefdesverleden, een soort monogamie te hebben bedreven. Mijn romances duurden nooit langer dan een jaar of twee. Dan gebeurde er meestal iets akeligs waardoor de verkering uitging. Daarna nam ik mij voor geen nieuwe verloofde te zoeken. Ik wilde liever vrijblijvende seks met mannen die toevallig langszij kwamen, maar dat liep uit op een chaos. Omdat ik het niet nodig vond aan iedere man te vertellen wie er nog meer in mijn balboekje stond, belden ze steevast op ongelegen momenten. Ik verwachtte niet dat een man die je voor eenmalig gebruik had bedoeld, opnieuw een afspraak zou willen maken. Als hij dat toch wilde, was ik aangenaam verrast en nodigde hem uit. Zo kon het gebeuren dat ik in één week soms vijf verschillende mannen in mijn armen hield. Daar werd ik erg zenuwachtig van. Ten slotte koos ik de leukste uit en leefde met hem opnieuw twee jaar lang en gelukkig.

Het schijnt dat de tussenliggende periodes van promiscuïteit niet echt tellen en voor de achtereenvolgende romances is een naam: seriële monogamie. Het houdt in dat je steeds trouw bent aan die ene geliefde, tot de verhouding verdort. Dan komt de volgende verloofde aan wie je trouw bent, en zo vormt zich een serie, tot je eindelijk tot rust komt en trouw blijft aan die ene.

Trouw is modern. Dat het aantal echtscheidingen desondanks nog schrikbarend hoog ligt, komt doordat jonge mensen zich meteen met de eerste de beste pronkpauw in een huwelijk storten. Dat zouden ze niet moeten doen. Je kunt een romance beter in potlood beginnen. Als het ernaar uitziet dat de liefde duurzaam is, mag hij in inkt.

Ik heb een vriendin die trendgevoelig is. In de tijd van de vrije liefde deed ze aan partnerruil en groepsseks. Voor minder dan een trio deed ze geen knoop open. De laatste tien jaar heeft ze een lat-relatie met een Chileense vluchteling gehad, maar lat is ouderwets geworden. 'Julio en ik gaan trouwen,' vertelde ze, 'ik begrijp niet waarom ik me er zo lang tegen heb verzet. We horen bij elkaar en dat willen we best laten zien in onze levensstijl.'

Ik keek haar verbluft aan. Voordat er sprake was van een gezamenlijke levensstijl, had zij er een van haarzelf. Die behelsde nogal wat hulptroepen. 'Als ik op Julio alleen aangewezen was, zou ik omkomen van verveling,' zei ze in die tijd. Die periode was kennelijk voorbij. Ze ontmoette nog steeds onweerstaanbare mannen, maar ze onderhield er geen seksuele betrekkingen meer mee.

'Laatst kwam ik een oude vriend tegen,' zei ze. 'Hij was lang in het buitenland geweest, maar nu was hij terug en hij wilde met me naar bed. Hij zei het zelfs! Ik zei: "Jongen, dat doen we toch niet meer, dat soort zaken!" En dan weet je nog niet eens wat voor enge dingen zo iemand uit het buitenland onder de leden heeft. Daar gaan ze nog met iedereen naar bed.'

Straks breekt de nieuwe eeuw aan. Wie nu nog van liefdespartner wil wisselen moet snel zijn, want straks mag het niet meer. Ik hoor nu al klachten over vrienden die een nieuwe romance begonnen zijn. 'Konden ze niet gewoon bij elkaar blijven?' zeggen de mensen. 'Zo erg was het toch niet?'

Het is inderdaad lastig als iemand met een nieuwe verloofde komt aanzetten. Want waar moet je over praten? Niet over andere vrienden, want die kent de nieuwe nog niet, en niet over de tijd die voorafging aan de pas ontloken liefde, want ook dat is onbeleefd. Het beste wil het gesprek nog vlotten als de visite weg is. Over een nieuwe verloofde heeft de oude vriendenkring genoeg te bespreken.

Ik heb een vriendin die vroeger croupier was. Toen ze het nachtleven beu was, heeft ze een poosje in een café gestaan, maar nu zocht ze iets anders. Daar hadden we het over toen zij en een gloednieuwe minnaar op bezoek waren. Hij is tandarts en zijn bijdrage aan het gesprek was: 'Maar liefste, de vrouw van een tandarts hoeft toch niet te werken!'

'Als dat maar goed gaat,' zeiden we tegen elkaar toen de vriendin en haar tandarts weg waren. Een croupier wordt niet zomaar tandartsechtgenote en hoe lang zal het niet duren voordat zij daar zelf ook achter zijn? De eeuw loopt al bijna ten einde en vergissingen kosten tijd. Zo hoor je de eenentwintigste eeuw binnen te gaan: stevig gearmd met iemand die je minstens tien jaar geleden de allerleukste vond. Hulde, Bruidspaar!

Koken

'Zal ik mijn schort aantrekken?' vroeg de man aan de fotograaf. We waren portretten van moderne mannen aan het maken en deze wilde laten zien dat hij kon koken. Hij trok een schort aan met 'The Good Cook' erop, zette een pan water op en ging er glunderend in roeren met een houten lepel.

Mensen hebben een natuurlijke behoefte aan zelfexpressie. In alles wat ze doen, laten ze zien wie ze zijn, hoe ze zich voelen en bij wie ze vinden dat ze horen. Als je een huis binnenkomt begint de kennismaking al. In sommige huizen ligt achter de voordeur een mat met VOETEN VEGEN! erop. Als je die ziet, kun je er zeker van zijn dat naast de kapstok ook een handspiegel met een schuiertje ligt. Soms is het beeld compleet en staat in de huiskamer de televisie verborgen achter massief eiken deuren. In zo'n huis ligt nooit een VPRO-gids.

Aan kleding kun je ook veel zien. Van mannen die een overhemd in de kleur van hun ogen aanhebben, wordt gehouden. Er zijn wel mannen die zo ijdel zijn dat ze weten welke tint blauw-grijs hun ogen zijn, maar in de meeste gevallen is het hun vrouw die het overhemd heeft uitgezocht. Als het een heel bijzondere kleur betreft, mag je ook veronderstellen dat zij mooi ondergoed voor hem koopt.

Behalve in woninginrichting en kleding laten mensen ook zien wie ze zijn door het voedsel dat ze koken. In het huis van het schuiertje wordt nooit knoflook gegeten, in het huis met de VPRO-gids geen diepvriesaardappelschijfjes. Niet alleen het individu is te herkennen, er bestaat ook zoiets als een tijdgeest.

Ik ben opgegroeid in de tijdgeest van de jaren vijftig. De jaren vijftig begonnen direct na de oorlog en duurden tot 1966. Het was het tijdperk van vlees-groente-aardappelen en een puddinkje toe, de jaren van de wederopbouw. De honger van de oorlogsjaren werd goedgemaakt en door braaf te zijn liet de burger zien dat er nooit meer oorlog zou komen.

Mijn ouders hadden de hongerwinter in Amsterdam meegemaakt. Nooit meer oorlog betekende voor hen nooit meer honger en mijn moeder kookte dat het een aard had. Jammer genoeg wist ze niks van voeding. De schijf van vijf was nog niet uitgevonden en het enige waar mijn moeder zich om bekommerde, was of het genoeg was. Het was genoeg. Er kon een heel weeshuis mee-eten aan onze tafel. Omdat kinderen groente verafschuwen kookte mijn moeder twee soorten. Er was altijd een soort die je wel lustte. En daar bleef het niet bij. Ze maakte ook twee toetjes: gele vla en chocoladevla, havermout toe én griesmeel. Van haar grootmoeder had ze geleerd macaroni met suiker en kaneel te maken. Macaroni was Italiaans, dat wist ze. Toen ze hoorde dat Italianen ook zoiets als spaghetti aten, veronderstelde ze dat spaghetti ook een nagerecht was. Bij ons thuis kreeg je vlees-groente-groente-aardappelen en macaroni en spaghetti toe.

Nu ik dit opschrijf krijg ik alsnog indigestie, maar het verhaal is nog lang niet af. Mijn moeder hield er ook een vast rooster op na. Huishouden is vooruitzien, vond ze, dus kookte ze in het weekend soep en serveerde hem op maandag. Vanwege de gigantische hoeveelheden die ze maakte, aten we op dinsdag en woensdag ook soep. Maar op dinsdag en woensdag kregen we ook een nagerecht, dus aten we op die dagen soep, vlees-groente-groente-aardappelen en gele en chocoladevla toe. De soep kon kippensoep zijn, maar evengoed erwtensoep of linzensoep, want mijn moeder maakte geen onderscheid tussen helder en gebonden: erwtensoep vooraf, vlees-groente-groente-aardappelen en havermout en griesmeel toe.

De jaren vijftig verstreken en dat is maar goed ook, anders was ik dichtgegroeid.

Het kenmerk van de jaren zestig was de eenpansmaaltijd. De eenpansmaaltijd ontstond in studentenkringen. Het basisrecept is gehakt met gebakken ui, tomaat en paprika. Elk gerecht maakten de studenten op die manier. Spaghetti, rijst, aardappelen, alles kreeg een saus van ui, tomaat en paprika. Culinaire avonturiers voegden nog champignons toe, peterselie en zelfs panklare soepgroente, zodat het geheel naar niets in het bijzonder smaakte. Ik ken iemand die zwoer bij een lik pindakaas door de prut.

In 1974 waren de jaren zestig definitief voorbij,

waarna de Nederlandse keuken zich splitste in twee categorieën: uit en thuis. In restaurants kwam de Nouvelle Cuisine op, het kunstwerk op een schoteltje, op hoogtijdagen thuis was het fonduen en gourmetten. De aardigheid van fonduen en gourmetten is dat de gasten zelf mogen knoeien met eten. Voor huisvrouwen was dat maar zeer ten dele een genoegen. Als ze eten wilden klaarmaken, was daar dagelijks ruimschoots de gelegenheid voor, maar alle andere gezinsleden vonden het enig. Zou de culinaire belangstelling van mannen in die tijd gewekt zijn?

Was het tevoren nog ondenkbaar dat een man meer zou kunnen koken dan een keteltje water, in de jaren tachtig werd koken plotseling een mannenhobby bij uitstek.

Mannen koken anders dan vrouwen. Doordat in veel huisgezinnen de vrouw iedere dag in de keuken staat, is er een vrouwenstijl ontstaan, een praktische kookwijze, met weinig franje, een grote doelmatigheid en zo min mogelijk restjes. Veel vrouwen bedenken het menu aan de hand van aanbiedingen in de supermarkt, ze gebruikten de ontvette jus van de vorige dag om de soep mee te verrijken, de koude aardappels voor een salade. Opgeruimd staat netjes.

Mannen ruimen niet op, tenminste de meeste niet. Als een man gekookt heeft (gebraden gans met groentefantasie en gefrituurde aardappeltjes), ligt de keuken vol schillen. Het is verbazend hoeveel schillen er van een herenmenu komen. Het is beslist geen minachting voor het huishouden dat hij zo'n troep maakt, hij doet zijn best. Als een pan gebruikt is, zet hij hem vast in de gootsteen te weken. Ik heb ooit een man gehad die dat ook met de frituurpan deed. Daar droom ik nog weleens van in sombere tijden.

In sommige opzichten is mannenkookkunst verfijnder dan die van vrouwen. Mannen doen meer moeite. Als ze een kookboek volgen en er staat in het recept dat er een schijfje verse rammenas in moet, een scheutje madeira en wat gele paprika, dan gaan ze naar de winkel om al die ingrediënten te kopen. Een vrouw denkt: Wat moet ik met de rest van die rammenas? Het kan vast wel zonder rammenas. Madeira? Dat heb ik niet en drank is niet goed voor de kinderen. En de paprika is momenteel niet te betalen. Ten slotte maakt ze dan iets dat er wel zo'n beetje op lijkt.

De jaren negentig zijn inmiddels in volle gang en ze worden gekenmerkt door de Moderne Huiselijkheid. 'Cocooning' heet het in glimbladenjargon. De strakke woninginrichting van de jaren tachtig is vervangen door gezellige meubeltjes en voor de ramen hangen weer gordijnen.

In de keuken staat een echtpaar. Ze zijn een dineetje aan het koken voor elkander. Hij doet het fijne werk en snijdt de prei, zij haalt het vlees van de getrokken ossenstaart. Als hoofdgerecht eten ze wijnzuurkool met bloedworst uit de Provence. Er is ook een dessert, geen Saroma-instantpudding zoals we in 1955 aten, geen müsli-met-yoghurt uit de jaren zestig. Van een Monatoetje zouden ze griezelen, deze twee, zijn dit niet de tien laatste jaren van de eeuw? In een schaal hangt een zeef met een schoon stuk kaasdoek erin. Daarin druipt sinds gisteravond het nagerecht van vandaag.

'Wat is het?' fluistert zij eerbiedig en al even zacht antwoordt hij: 'Hangop.'

De wandelende tak

Mijn tweede verloofde was een bijzonder mens, maar er viel niet mee te leven. Toen wij afscheid namen, bedroefd maar bevrijd, nam ik mij voor geen nieuwe man te zoeken. Ik kan wel zonder, dacht ik, maar dat viel tegen.

Ik heb het altijd verbazend gevonden dat de menselijke seksualiteit zo onontkoombaar is. Herten besteden maar een paar weken aan de voortplanting. In de herfst vechten de mannetjes en paren ze met de wijfjes en dan is het weer rustig in het bos. Katten doen het in maart en ook nog een beetje in het najaar, maar mensen zijn het hele jaar met de liefde in de weer. Je zou zeggen dat we daarom geen haast hebben, maar het tegendeel is waar. Kinderen kunnen nog maar nauwelijks hun eigen naam schrijven of ze kladden die van hun beminde op deuren en glazen. Mijn buurmeisje is zeven.

'Op wie ben jij?' vroeg ze laatst.

'Op Joep,' zei ik. 'Op wie ben jij?'

'Op Arjen,' zei ze beslist.

'Hoe weet je dat?' vroeg ik.

Haar ogen kregen een zwoele uitdrukking. 'Dat voel ik,' zei ze, 'dat voel ik vanbinnen. Als ik hem zie, denk ik: o schatje, kom hier dan ga ik je een zoen geven.'

Mijn mond viel open. 'En wat zegt hij dan?'

Mijn buurmeisje maakte een machteloos gebaar: 'Dan loopt hij weg,' zei ze mistroostig. 'Hij lust geen zoen.'

Konden we maar zonder mannen. Er bestaan in de natuur wel dieren die het zonder stellen, wandelende takken bijvoorbeeld en als ik mij niet vergis kunnen zeekomkommers zich ook zonder mannetjes voortplanten. Parthenogenese heet het.

Ik heb thuis een terrarium met wandelende takken. Ik ben erg op ze gesteld, ze blaffen niet, ze hoeven niet uitgelaten te worden want ze kunnen zelf uit wandelen en wat hun voeding en bewassing betreft stellen ze geen eisen. Wandelende takken zijn niet alleen ideale huisgenoten, je kunt ook van ze leren. Ik ben lid geworden van de Phasmid Study Groep, een vereniging die de wandelende tak bestudeert en een nieuwsbrief uitgeeft waarin resultaten van onderzoeken staan.

Onlangs las ik een interessant artikel over het seksuele leven van de wandelende tak. Hoewel er voor de voortplanting geen mannetjes nodig zijn, worden in tijden van schaarste mannetjes geboren, die nieuwe kracht aan de volgende generatie wandelende takken verschaffen. Maar de mannetjes zijn nog niet binnen of de moeilijkheden beginnen. In de nieuwsbrief las ik de observaties van Ilona Clail, die gevallen van vrouwelijke agressie noteerde die ze had geconstateerd bij een seksuele ontmoeting tussen takken van de Eurycantha Calcarata. 'Bij vier van de vierenveertig paringen ontstond agressie,' schreef mevrouw Clail. Een vrouwtje dat bestegen werd door een mannetje, zette zich in beweging, het mannetje met zich mee voerend. Dat plaatste zijn geslachtsdeel op het buikoppervlak van het vrouwtje, waarop zij zich snel omdraaide, zodat het mannetje viel. Het vrouwtje schopte het mannetje, zette haar voorpoten nog even op zijn lichaam en wandelde vervolgens weg.'

Die situatie kwam me bekend voor. Ik heb een vriendin die erg knap is om te zien. Alle mannen flirten met haar en dat vindt ze leuk. Een poosje flirt ze terug, maar als een man zich aangemoedigd voelt en haar in zijn armen wil sluiten, snauwt ze hem af.

Maar er viel nog meer te leren van Ilona Clail. Van de vierenveertig paringen werden er maar liefst negen onderbroken door een jaloerse damestak die aan kwam snellen om met een mep de liefdesdaad te verstoren: 'Op het moment dat het mannetje trachtte te paren met een willig vrouwtje, naderde een tweede vrouwtje. Zij betastte het paar met haar voelsprieten en gebruikte vervolgens haar legbuis om het mannetje mee te slaan. In vier gevallen zagen wij hoe een vrouwtje een paar passen terug deed, honderdtachtig graden draaide en achteruit op het mannetje toe liep, waarbij zij haar buik strak hield zodat de legbuis recht op de weke zijkant van het mannetje gericht was. Zo werd het mannetje gedwongen van het willige vrouwtje af te stappen. Het tweede vrouwtje bleef in de buurt en verhinderde door haar aanwezigheid dat er een nieuwe poging tot een paring werd ondernomen.'

Ik dacht meteen aan Machteld. Machteld is streng feministisch. Ze schijnt een vriend te hebben, maar die heb ik nog nooit gezien, en met andere mannen wil ze niks te maken hebben. Dat moet Machteld zelf weten, maar ze jaagt ook mannen weg die voor een ander komen, niet voor haar. Een poosje geleden zat ik met haar in een café. We spraken over een boek dat nogal wat stof had doen opwaaien en Machteld had een uitgesproken mening. Midden in haar betoog kwam een collega het café binnen, een man. 'Hallo!' wuifde hij en kwam op ons af om een zoen te geven. 'Wat denk jij wel!' blafte Machteld. 'Als hier twee mannen hadden zitten praten, had jij het niet in je hoofd gehaald om ze te storen. Sodemieter op.' De collega maakte zich geschrokken uit de voeten en durft sindsdien ook niet meer met mij te praten, laat staan zoenen. Dat is een beetje jammer.

'Misschien moeten we Machteld eens op Steven af sturen,' giechelde een vriendin. Steven is een slijmerd, die op iedere vrouw die hij ziet verliefd wordt. Hij dringt zich op en steekt lange liefdesverklaringen af waar niemand van gediend is. Ik knikte goedkeurend. Waarom was ik zelf niet op dat idee gekomen? Ik kende de techniek immers al van het onderzoek van Ilona Clail: 'Van de vierenveertig pogingen tot copulatie mislukten er vier doordat het vrouwtje, nadat zij was bestegen, met het mannetje op haar rug naar een ander vrouwtje toe liep en haar aantikte met haar voorpoten. Het andere vrouwtje draaide zich om naar het mannetje, hief haar legbuis en liet die op het hoofd van het mannetje neerkomen. Daarop draaide zij zich weer om en schopte het mannetje. Het mannetje viel. Het eerste vrouwtje gaf hem nog een paar schoppen, waarna het mannetje vluchtte.'

Ik leer veel van mijn terrarium. Verlos ons van de liefde.

Overspel

Bijna iedereen is opgevoed. Dat gebeurt zo grondig, dat je je er nauwelijks aan kunt ontworstelen. Veel boekhouders gaan er niet met de kas vandoor, de meeste boeven laten zich vangen. Braaf en oppassend gaan de mensen door het leven tot de dood erop volgt.

Gelukkig biedt de liefde uitkomst. Daarin is alles geoorloofd, maar de aardigste misdaad die je kunt begaan is overspel. Dat is pas echt slecht! Vreemdgaan kan stiekem of openlijk, met de vrouw van je beste vriend of met de vriend van je zuster, om wraak te nemen op je echtgenoot of op die van je clandestiene liefste. Maar altijd gaat het erom dat je laat zien hoe gevaarlijk je nog kunt zijn, hoe ongetemd en slecht. Daarom hebben mannen er ook zo'n schik in. Ze waren eigenlijk ontworpen voor de mammoetjacht, niet voor kantoor. Als ze hun vrouw bedriegen met die van een ander, veroveren ze heel even de wereld.

Vrouwen gaan ook vreemd, maar het kost een beetje moeite. Van huis uit zijn vrouwen nog braver dan mannen. Als ze naar een concert gaan, lezen ze eerst het programma, op een vergadering maken ze notulen. Ze kunnen niet tegen schuldgevoelens, daarom durven ze alleen slecht te zijn als ze een reden voor hun ontrouw hebben verzonnen. Hij verwaarloost haar, in bed denkt hij alleen aan zijn eigen genoegen, geen wonder dat ze vreemdgaat. Hij ziet haar alleen als moeder en als huisvrouw, dus vrijt ze met een ander om zich eindelijk weer eens vrouw te voelen. 'Als ik slecht ben, dan komt dat door jou,' is de mededeling.

Dat is natuurlijk flauw en gelukkig zijn er uitzonderingen. Sietske bijvoorbeeld.

Sietske gaat vreemd bij het leven, maar omdat ze het sneu vindt voor haar man, doet ze dat alleen als ze op reis is. Ze is vertegenwoordigster voor een cosmeticamerk, dus reist ze veel. Haar levenswandel brengt risico's met zich mee en op een dag had ze wat opgelopen. Zo kwam haar man erachter. Hij was woedend!

'Jij bedriegt mij!' riep hij en keek Sietske beschuldigend aan. Daar was zij niet van onder de indruk.

'Inderdaad,' zei ze koeltjes, 'en dat is maar goed ook, anders verveelden we ons dood.'

Ontrouw heeft zoveel mogelijkheden, maar de mensen verknoeien alles door malle regels te verzinnen. 'Als je het maar eerlijk zegt' is er zo een. De achtergrond van die regel is niet onredelijk. Vaak is de bedrogen echtgenoot de laatste die van een affaire weet en dat is vernederend. Maar ik heb er nog nooit iets goeds van zien komen als twee mensen het elkaar eerlijk kwamen melden wanneer er iets was voorgevallen met een derde. Een onbelangrijke vrijpartij om de braafheid wat te breken, wordt in de ogen van de ander een misdaad van belang. Hoogverraad is het, een breuk in het vertrouwen en op zijn minst wordt alle plezier die je aan het uitstapje hebt beleefd vergald door alle ernstige gesprekken die je er naderhand over moet voeren.

Ik had indertijd een verloofde die de problemen van ontrouw wilde voorkomen door af te spreken dat het moest kunnen. Hij begon. Op een dag kwam ik thuis en trof hem in bed aan met een minderjarige. 'Leuk hè?' zei hij. Dat was het natuurlijk helemaal niet en dat ondervond hij zelf, toen ik na een poosje vertelde dat ik de nacht met iemand anders had doorgebracht.

'Dat je vreemdgaat vind ik niet erg,' tierde hij, 'maar de manier waarop!'

Het vervelende is dat er altijd een manier is waarop. Doe je het stiekem, dan voelt de ander zich extra gekwetst, want behalve dat hij gepasseerd is, voelt hij zich ook voor gek staan omdat hij niks in de gaten had. Ga je openlijk vreemd, dan is het op zijn minst harteloos.

Behalve een manier waarop is er nog de vraag met wie.

Mijn moderne verloofde vond dat hij daar ook iets over te vertellen had. In geen geval mocht ik een minnaar kiezen die hem niet aanstond. Leo bijvoorbeeld. Ik vond Leo altijd al erg begeerlijk, maar telkens als een van ons beschikbaar was, had de ander juist verkering. Het was er al die jaren nog niet van gekomen. Ik belde hem op. Het werd een gezellige nacht die vooral zo'n succes was omdat we een oude schuld vereffenden. Echt hartstochtelijk werd het niet tussen Leo en mij, maar dat was juist heel plezierig. Ik had het beslist vervelend gevonden als ik na Leo geen zin meer zou hebben in mijn eigen verloofde. Overspel moet een aardigheidje blijven.

Toen ik vertelde dat ik met Leo naar bed was geweest, was het huis te klein.

'Dat je vreemdgaat, vind ik niet erg!' raasde hij, 'maar uitgerekend met Leo. Die man stemt op D'66.'

'Niet in bed,' zei ik.

Diep in mijn hart was ik heel tevreden dat ik met zo'n klein beetje vreemdgaan zoveel emoties wist op te roepen. Dat lukte me anders lang niet zo gemakkelijk met deze verloofde. Die nam me meestal niet erg serieus en daar is het uiteindelijk allemaal om te doen.

Ik heb een collega die op het platteland geboren is. Alles voorbij de Brink vindt hij doodeng, maar hij woont in Amsterdam en wil doorgaan voor een man van de wereld. Daarom gaat hij vreemd. Zijn vrouw bedriegt hij met een meisje van de typekamer, dat meisje met haar beste vriendin en die weer met haar eigen zuster. Zijn vrouw heeft een vermoeden van zijn ontrouw, maar tegenover haar ontkent hij het zo hard als hij kan. 'Ik wil haar geen pijn doen,' zegt hij, maar eigenlijk zou hij niets liever doen dan van de daken schreeuwen wat een boef hij is.

Hij hoeft zich geen zorgen te maken. Alle mensen in zijn omgeving weten van zijn turbulente liefdeleven, want hij wordt steeds betrapt. 'Die Jan,' zeggen zijn vrienden, 'dat is me er een.' Alleen zijn vrouw haalt min of meer haar schouders op. Ze vindt het vervelend dat er steeds meiden om haar Jan heen hangen, maar zij weet wat hij is. Een Drent. En een Drent komt altijd naar huus.

Rolpatronen

Mijn broer was de koning, mijn zusje was de koningin en ik was de prinsesjes. De koning was op jacht, de prinsesjes verveelden zich, maar de koningin had het druk want ze moest regeren.

'Hoe doe je dat, regeren?' vroegen mijn broer en ik.

'Gewoon: zo!' zei de koningin en schoof haar vingers over elkaar alsof ze breide.

'O ja,' zeiden wij en gingen verder met het spel. De prinsesjes moesten trouwen.

'Hoe moet je trouwen?' vroeg ik aan mijn zus, want die scheen alles te weten. Maar van trouwen had ze geen verstand. Het moest in een witte jurk, zei ze, maar hoe het daarna verder moest, wist ze niet.

Later, toen ik volwassen was, ontdekte ik dat de meeste mensen het niet weten. Ik was relatietherapeut van beroep geworden en één ding was me duidelijk: mannen en vrouwen passen niet bij elkaar. Zelfs als een echtpaar samen kwam vertellen wat eraan scheelde, vertelden ze zulke uiteenlopende verhalen, dat het leek of het over twee huwelijken ging in plaats van één.

Mannen en vrouwen zijn heel verschillend. Het begint al op de lagere school. Als een jongen een meisje leuk vindt, trekt hij haar aan haar haren of hij duwt haar in een plas modder. Een meisje dat verkering zoekt met een jongen, vraagt of hij met haar wil gaan. Als hij ja zegt, is het aan.

'En daar heb je niks aan,' vertelde een jongen van elf, 'want verder gebeurt er niks.'

Dat dacht die jongen, maar er gebeurde natuurlijk van alles, alleen niet met hem. Zijn verloofde praatte met haar vriendinnen over hem en over de andere jongetjes die geëngageerd waren. Met de jongens die geen verkering hadden omdat niet één meisje er wat in zag, dreven ze de spot en zo hadden die elfjarige meisjes een hele damespraatgroep.

Eenmaal uit elkaar gedreven, komen mannen en vrouwen niet meer over de kloof heen. Alleen mensen die thuis broers en zusters hadden en de gewoonte vragen te stellen, begrijpen nog iets van elkaar.

Ik heb een broer met wie ik alles besprak. Van hem weet ik bijvoorbeeld dat mannen het vreselijk vinden dat ze altijd het initiatief moeten nemen in bed.

'We hebben het al zo moeilijk,' zei hij, 'we moeten enthousiaste minnaars zijn maar ook weer niet te erg, anders is de voorstelling alweer afgelopen voor hij goed en wel begonnen is. We moeten precies weten hoe we een vrouw tot orgasme moeten brengen, maar zelf zal ze nooit zeggen wat ze wil.'

Dat is trouwens waar. Vrouwen zijn veel beter voorgelicht dan mannen. Omdat een groot deel van de voorlichting gewijd is aan de vervaardiging en preventie van kinderen, letten meisjes goed op. Zij zijn het tenslotte die de voorbehoedmiddelen gebruiken en met de gevolgen zitten als er iets niet volgens plan verloopt. Omdat ze nu eenmaal toch naar de les aan het luisteren zijn, horen ze ook wat de technische mogelijkheden van de seksualiteit zijn.

Jongens van die leeftijd doen net alsof ze alles al weten en de rest ze niet interesseert. Tegen de tijd dat ze maar wat graag zouden weten hoe het moet, is het te laat.

Van hun vriendin krijgen ze niks te horen. Die dacht dat ze een man in haar armen hield, geen groentje en ze kijkt wel wijzer uit dan hem te vertellen hoe het bedieningspaneel werkt. Hij moet eerst maar eens bewijzen dat hij echt van haar houdt.

Een man ziet dat anders. Hij kan pas van haar houden als ze in bed met elkaar overweg kunnen. Koffiedrinken kan hij met zijn zuster nog wel. Is een man eenmaal zover dat hij veel van een vrouw houdt, dan is het nog niet genoeg. Hij moet het ook zéggen, vindt zij.

Vrouwen kunnen hun gevoelens in het algemeen aardig verwoorden, mannen zijn daar minder goed in. Kwaad kijken kunnen mannen als de beste, mopperen kunnen ze ook en schaapachtig lachen als ze iets liefs hadden willen zeggen. Maar een gesprek over emoties wil niet lukken. Ze hebben het niet geleerd en ze hebben er geen talent voor.

Vrouwen proberen in het begin nog wel om hun vriend zover te krijgen dat hij zijn gevoelens op een genuanceerder manier uitdrukt dan met een bos bloemen omdat hij van haar houdt en een bos bloemen om het weer goed te maken. Maar na verloop van tijd geeft ze het op. Ze laat die vent voor wat hij is en bespreekt zijn innerlijk voortaan met een vriendin. Die begrijpt precies wat ze bedoelt, thuis heeft ze er net zo een.

Geen wonder dat er een ravijn gaapt tussen mannen en vrouwen.

Sommige van de verschillen tussen de geslachten zijn aangeleerd – een vrouw wordt niet met een afwasborstel in haar hand geboren – maar er bestaan wel degelijk dingen waar vrouwen beter in zijn dan mannen en omgekeerd.

Huilen bijvoorbeeld, is een vrouwenzaak. Een man mag niet huilen, dat is hem van jongs af aan geleerd, maar hij hoeft ook niet zo nodig. Wanneer hij onder invloed van zijn hormonen ophoudt kind te zijn en een volwassen lichaam krijgt, wil het huilen er ook niet meer zo van komen. Dat betekent overigens niet dat hij zich niet vreselijk kan voelen, maar hij houdt het droog. Vrouwen huilen wel, ook als ze geleerd hebben zich flink te houden. Vooral wanneer er sprake is van veranderend hormoonevenwicht, zoals voor de menstruatie en tijdens de menopauze, hebben vrouwen last van opwellende tranen.

Er is veel onderzoek gedaan naar de invloed van geslachtshormonen. Sommige uitkomsten van die onderzoeken zijn nogal ontmoedigend. Er zijn bijvoorbeeld sterke aanwijzingen dat vrouwen beter toegerust zijn dan mannen om op zuigelingen te passen; vrouwen hebben betere oren en wanneer ze pas gebaard hebben, herkennen ze het stemmetje van hun eigen baby uit die van honderd andere blèrende baby's.

Het zou heel goed kunnen dat mannen door de natuur eerder bedoeld zijn voor de oorlog dan voor de fijne was, maar dat is natuurlijk geen reden voor mensen om de rolverdeling van de jaren vijftig maar weer op te vatten. Zolang we er geen bezwaar tegen maken dat we 's ochtends gewekt worden door een wekker in plaats van door ons bioritme, mogen we kiezen of we kleutermeester worden of piloot, timmervrouw of echtgenote. De natuur is inschikkelijk.

Maar de mensen willen duidelijkheid. Moeten mannen op de lagere school leren breien? Moeten vrouwen in militaire dienst? Na een betrekkelijk korte periode waarin de mensen zich bevrijdden van de voorschriften van de brave burgerlijkheid, klonk de dringende vraag alweer: hoe hoort het eigenlijk?

Het lijkt misschien of de mogelijkheden in onze tijd onbegrensd zijn, maar nooit werd er zoveel geschreven, gefilosofeerd en gebazeld over stijl.

Een moderne vrouw leidt een onafhankelijk bestaan, maar ze heeft altijd een vaste cavalier aan haar zijde. De man van de jaren negentig is een zwierige zakenman, een warmbloedige minnaar, die een vrouw met hersens zoekt. Hoe die twee zorgen dat er altijd pindakaas in huis is en wie de loodgieter belt, staat er niet bij.

Wat ik het liefst zou zien is dat die loodgieter Patricia blijkt te heten. Ze doet het bedrijf samen met haar man. Ze hebben twee kinderen en een werkster. Die was eigenlijk treinconducteur, maar dat was zulk uithuizig werk. Nu zorgt hij voor de loodgieterskinderen en lapt de ramen. Maar breien kan hij niet.

Vaders

'Wil jij kinderen?' vroeg de man.

'Is dat een vraag of een aanbod?' informeerde ik voorzichtig. Het was een vraag en het antwoord was nee. Ik wil geen kind. Ik wil ook geen zeilboot en geen huisje in de Pyreneeën en ik wil zelfs geen lieve hond uit het asiel. Ik krijg het benauwd als iets of iemand op mij zit te wachten tot ik tijd heb om er aandacht aan te besteden. Maar als een van de verloofden er indertijd op aangedrongen had een gezin te stichten, was ik waarschijnlijk door de knieën gegaan, want ik heb geen sterk karakter. Ik heb jarenlang zonder bh gelopen omdat drie achtereenvolgende verloofden erop tegen waren, terwijl ik me in feite rot geneerde. Toen ik verkering had met een stukadoor heb ik me naar timmerles laten sturen, van mijn intellectuele verloofde moest ik me abonneren op *NRC Handelsblad* en met een kunstzinnige minnaar ging ik mee naar het museum. Van de liefde ben ik niet altijd even gelukkig geworden maar ik heb er veel van geleerd.

Er is maar één man geweest die even overwogen heeft of hij kinderen van mij wilde. 'Blijf jij dan thuis om erop te passen?' vroeg ik. Dat wilde hij niet, hij werd liever vader dan moeder.

Vader, dat is een aardige functie, die had ik ook nog wel gewild. Je mag mee naar de opvoering wanneer je dochter in het toneelstuk van de kleuterschool derde kabouter is, maar als ze mazelen heeft, wil ze toch liever mama dan papa aan haar bed. Aan vaders worden niet veel eisen gesteld. Heel wat mannen stemmen maar halfhartig toe als hun vrouw zegt dat ze een baby wil. Ze voelen er niks voor om een gezin te beginnen en alleen het idee dat een andere man met hun vrouw naar bed zou gaan, weerhoudt hen ervan te zeggen dat ze dat maar met een andere kerel moet doen. Zo worden ze vader, zachtjes mopperend dat het zonde is van de bekleding van de auto en jammer van de vliegvakanties. Wanneer het kind eenmaal geboren is, vinden ze het meestal toch wel leuk en als ze worden geprezen voor iedere keer dat ze een uurtje met junior gaan fietsen, vertellen ze aan hun collega's dat ze het enig vinden, het vaderschap. En tegen de tijd dat ze genoeg krijgen van de eentonigheid van het gezinsleven, nemen ze een minnares, laten zich betrappen en gaan alleen wonen.

Ik ken een man die vier kinderen heeft. De eerste twee zijn in zijn eerste huwelijk geboren, de derde is van een vriendin met wie hij heeft samengewoond en de vierde is van de laatste vrouw die hij heeft verlaten. Drie moeders en zijn nieuwste vriendin wil ook een kind. Je zou zeggen dat zo'n vruchtbare vader een zeker enthousiasme voor het ouderschap heeft, maar het tegendeel is waar. Hij wilde liever geen kinderen en daar gedraagt hij zich naar. Het jongste kind is verwekt doordat zijn toenmalige vriendin stiekem ophield met de pil. Het is nu één jaar en hij wil er niks mee te maken hebben. Aan het derde kind is hij in een romantische bui begonnen, maar toen hij merkte dat zijn mooie vriendin in een moeke veranderde, liep hij weg. Eens in de veertien dagen haalt hij het zoontje op, loopt er een middag mee in de dierentuin en gaat dan eten bij oma. Nu klaagt hij dat die nieuwe vriendin een kind wil.

'Waarom laat je je niet steriliseren?' vroeg ik, maar daar was hij als de dood voor.

'Ik kan er niet tegen als iemand aan mijn geslachtsdelen komt,' zei hij. Dat zou je niet zeggen.

Zo erg als deze man zijn de meeste vaders niet, een moderne papa is eerder het tegendeel. Ik ken er een heleboel die dapper meedoen met luiers verschonen, eten koken en al het halen en brengen dat de opvoeding van een kind met zich meebrengt. Het zijn vooral de wat oudere vaders die zo goed hun best doen. Mensen van boven de dertig schijnen geduldiger ouders te zijn dan jonge vaders en moeders.

Veel vrouwen zijn na hun vijfendertigste pas aan kinderen begonnen, laatste-kansmoeders worden ze genoemd. De mannen aan hun zijde heten niet laatstekansvaders, want voor een man is het nooit te laat om aan het vaderschap te beginnen. Het kan zelfs met terugwerkende kracht. Alsnogvaders noemen we ze en je ziet ze bij uitstek in openbare gelegenheden.

Op het terras van een Grand Café zag ik Herman. Hij las de krant en roerde in zijn koffie. Naast hem zat een spectaculaire meid. Ze was lang, slank, witblond en geen dag ouder dan twintig. Af en toe wierp hij een liefdevolle blik op haar en sloeg een bladzij om. Die Herman, dacht ik, en ik vond hem nog wel zo'n slome. Ik groette en keek nieuwsgierig naar de blonde. 'Hallo,' zei Herman, 'mag ik je Sascha voorstellen, mijn dochter.'

Herman is heel lang geleden getrouwd geweest met een flower-powermeisje. Toen hij genoeg had van de marihuana en de strijd tegen de gevestigde orde, nam hij een baan en liet zich scheiden. Zijn dochter was toen drie maanden oud. Voor zover ik weet heeft Herman zich sinds die tijd niet veel gelegen laten liggen aan de kleine Sascha, maar nu woonde ze bij hem in huis. Ze was inmiddels studente en had vergeefs geprobeerd aan een kamer te komen.

'Bel je vader eens,' had haar moeder geopperd. Nu woonde Sascha bij Herman en het was een groot succes. Zij vond het heerlijk om te koken en de boel gezellig te maken in Hermans vrijgezellenwoning en Herman had zich, na zijn aanvankelijke twijfel, van harte gewonnen gegeven. Hij had niet gedacht dat een dochter zulk perfect gezelschap kon zijn voor een man van zevenenveertig. Als hij naar het theater ging, prijkte Sascha aan zijn zijde en al zijn vrienden waren jaloers op hem. Veel mannen willen graag een mooie jonge verloofde, maar daar kom je niet zomaar aan. Daarbij zijn jonge meiden niet gemakkelijk in het onderhoud. Ze hebben veel meer energie dan een man van middelbare leeftijd en elke dag seks wordt ook een zware taak. Met een dochter hoef je niet naar bed, het mag niet eens, en met een dochter hoef je niet naar de disco. Vroeger hadden mannen een secretaresse om mee te pronken. Daar zijn de secretaresses van tegenwoordig niet van gediend en het is ook nergens voor nodig. Er gaat niets boven je eigen vlees en bloed.

Herman knikte mij vriendelijk toe en vouwde de krant op. ‘Zullen we eens op huis aan gaan?’ zei hij tegen zijn dochter. Gearmd wandelden ze weg en ik hoorde hem nog juist vragen: ‘Wat eten we vanavond?’

Dieren

Katten zijn net kerels, ze geven het liefst kopjes aan mensen die niet van ze houden. Voor kattenliefhebbers hebben ze een minachting. Jouw schootje kan altijd nog, schijnen ze te denken.

Zo zetten sommige mannen hun mooiste ogen, hun breedste schouders bij voorkeur op voor vrouwen die dwars door hen heen kijken. Dat komt door de jagersdrang. Een vrouw die wil is geen verovering.

In bed heb je niet veel aan een jager. Op het moment dat een vrouw zich gewonnen geeft, is de wedstrijd wat hem betreft afgelopen. Omdat het erbij hoort, doorloopt hij de verplichte figuren, maar de hartstocht is eruit. Die is tijdens de wervingsprocedure opgebrand.

Een vrouw vertelde me dat ze telkens met dat soort mannen te maken heeft. 'Ik word steevast verliefd op hetzelfde type, zo'n heel romantische man, die de grond kust waar ik op loop. Eerst zie ik niks in hem, maar op een gegeven ogenblik raak ik toch gefascineerd. Het is alsof ik me laat omkopen. Maar zodra ik zelf verliefd word, houdt hij ermee op en dan lig ik weer maandenlang aan het gas.'

Er bestaan ook hondenmannen. Die willen niets liever dan behagen. Als een vrouw vriendelijk voor ze is, bloeien ze op. Hoe meer er van ze gevraagd wordt, hoe gelukkiger je ze maakt, vooral als het seksuele diensten betreft. Niets is de hondenman te veel, hij streelt en hij likt, hij is onvermoeibaar. Van buitenaf is niet altijd duidelijk te zien of je met een hondenman te maken hebt. Er zijn er wel die reclame voor zichzelf maken, en beweren dat ze pas tevreden zijn als hun vriendin dat is, maar dat kan evengoed een kattenman zijn die denkt dat hij op de goede weg is. De meeste hondenmannen zijn heel bescheiden, ze dringen zich niet op aan vrouwen, want ze weten hoe vervelend we dat vinden. Ze wachten geduldig tot ze uitgenodigd worden. Ik ken er een paar uit eigen ervaring en van een aantal mannen weet ik dat ze hondenman zijn. 'Ik geniet pas van seks als de vrouw met wie ik vrij geniet,' zegt de hondenman. 'Ik vind niets zo mooi als een vrouw te zien klaarkomen. Zelf hoef ik niet per se tot een orgasme te komen, sterker nog: ik heb er soms helemaal geen zin in.'

Je zou zeggen dat iedere vrouw wel zo'n hondenman wil, maar zo is het niet. Vrouwen die graag overweldigd worden, vinden hem niet overheersend genoeg en vrouwen die zelf graag in de smaak vallen, pakken hem verkeerd aan. Ze zijn te afwachtend. Vroeger was ik ook zo. Ik dacht dat een liefdesverhouding beter werd naarmate ik meer mijn best deed. Ik probeerde het mijn verloofde zoveel mogelijk naar de zin te maken. Ik luisterde naar al zijn verhalen, als hij een avond gekookt had, deed ik het de dag erop, ik kocht cadeautjes voor hem. Dat was een vergissing. Als je je benen uit je lijf loopt, wil je dat de ander dat waardeert. Een hondenman ziet het niet eens, die wil zelf lopen.

Er zijn nog veel meer soorten mannen, maar ik weet niet bij allemaal een dier te bedenken. Ik zou bijvoorbeeld geen passend beest weten voor Bert.

Bert is een van de aardigste mannen die ik ken. Hij is alles wat een geëmancipeerde vrouw maar kan wensen: hij doet het huishouden zonder de geringste aansporing, hij praat over zijn gevoelens, hij lacht om de grappen van zijn vriendin – ook in gezelschap –, hij leeft met haar mee als ze de week voor haar ongesteldheid chagrijnig is, Bert is in bijna alle opzichten ideaal.

Alleen in bed is Bert een konijn. Zijn vriendin vertelt dat hij drie keer per week even op haar komt liggen, voortijdig ejaculeert en dan in slaap valt. Andere vrouwen die ook met Bert naar bed zijn geweest, bevestigen dat, zo verging het hun ook.

Het ergste is dat het Bert niks kan schelen dat hij er niets van terechtbrengt. Hij heeft domweg geen belangstelling voor seksuele prestaties. Hij beleeft al zoveel intieme momenten met de talloze vrouwen van wie hij de vertrouweling is, dat hij niet om een smeltende verloofde in zijn armen verlegen zit. Hij is opgevoed met zeven zussen, zeven prachtige meiden die al hun geheimen met hem deelden.

Bert is een echte vrouwenkenner. Kattenmannen beweren altijd dat ze vrouwenkenners zijn, maar die weten van toeten noch blazen. Bert weet alles en daarom is hij helemaal niet bang van een vrouw. Dat is niet goed. Door al die zussen ziet Bert vrouwen niet als sekssymbolen.

In het algemeen is een zus heel goed voor een man. Als een man met een zus is opgegroeid, beschouwt hij vrouwen in ieder geval als mensen, maar Bert heeft er te veel gehad. Hij vindt vrouwen net zoiets als kanariepieten: heel mooi en interessant om naar te luisteren, maar nu wil hij even de krant lezen.

'Heeft iemand Bert weleens verteld wat we van hem vinden?' vroeg ik aan een van zijn vriendinnen.

'Nee,' zei ze. 'Hij is zo aardig, we willen hem niet kwetsen. En zoenen doet hij heerlijk.'

Dat wil ik best geloven, zoenen is geen seks.

Toch denk ik dat het moet gebeuren. Het is juist goed als Bert eens schrikt. Misschien wordt hij dan toch nog een heel klein beetje bang van vrouwen, net genoeg om de spanning erin te jagen. Een scheutje angst doet wonderen voor de seks.

Thuis

'Was will das Weib?' vroeg Freud en wist geen antwoord.

Ik weet het wel: de vrouw wil een huis. Misschien wil ze ook een auto en kinderen en zelfs een man, maar in de eerste plaats wil de vrouw een huis. Het is geen heilzaam verlangen. Zoals een man achter zijn penis aan zijn ondergang tegemoet wandelt, metselt de vrouw haar vrijheid in achter de muren van haar woning.

Ze begint er al vroeg mee. Mijn moeder zegt dat ik, toen ik een baby was, urenlang in de box speelde en er nooit meer uit wilde. De wereld was me te wijd en te ver en trouwens: ik moest de binnenboel nog doen.

Een lerares van de brugklas vertelde me dat ze als opstelonderwerp had gegeven: een dag uit mijn leven over tien jaar. De jongens schreven montere verhalen over Jaguars waarmee ze naar hun werk suisden, over raketten en zeiljachten. De meisjes hadden het ook ver geschopt in hun opstel: ze woonden allemaal in een villa.

Zonder huis kan een vrouw geen rust vinden, dus heeft ze er altijd een bij zich. Onderweg is dat een tas, een boodschappentas of een damestas en misschien wel allebei. In de tas zitten dingen van thuis waar ze niet buiten kan, een zakdoekje dat te klein is om je neus in te snuiten, een portemonnee met wat kleingeld, foto's van kinderen of katten, een kam die ze niet gebruikt, een oude lippenstift. En níemand, níemand mag aan die tas komen! Het aardige is dat iedereen dat schijnt te weten. Ik hoorde onlangs van een man die zomaar iets uit de tas van zijn nieuwe vriendin had gepakt. 'Nou vráág ik je, uit mijn tas!' zei de vriendin. 'Hoe liep het af?' vroeg ik ademloos, maar het gezelschap keek me niet-begrijpend aan. 'Het liep af, natuurlijk,' zei de vriendin. 'Een vent die niet met zijn poten uit mijn tas kan blijven hoef ik niet.' 'O ja,' zei ik, maar helemaal begrepen had ik het niet.

Ik heb geen tas, nooit gehad ook. Ik heb een bureau. Het is zo gebouwd dat alleen ik erachter kan zitten, het is een U-vorm, een soort schort, en ik heb het altijd aan. Als er bezoek komt, zet ik een stoel naast het bureau en vanachter mijn vestingmuur houd ik visite. Het is wel gebeurd dat een verloofde aan mijn bureau ging zitten. Dat vond ik niet plezierig. Ik zou hem er niet voor ontslaan, maar ik ging er wel enorm van drentelen, om het bureau heen, net zolang tot hij op zijn eigen plaats ging zitten: in bed.

Deze zomer heb ik gekampeerd. Op een camping kun je goed zien dat vrouwen van hun huis houden. Of ze in een stacaravan kamperen of onder een zakdoek, ze slaan onmiddellijk aan het wonen.

'Heerlijk zo'n vakantie,' zei een bungalowtentbewoonster. 'Ik haal 's ochtends even een bezem over het grondzeil en dan ben ik voor de hele dag klaar.' Klaar betekende niet dat ze ging zwemmen of vissen, nee, ze zat bij haar tent. Af en toe kwamen de kinderen langs en riepen: ‘Kom nou ook in het water, mam!’ Maar dat deed mam niet. Ze was lekker thuis.

Overal op de camping stonden tenten en caravans met een afbakening van waslijnen en daarbinnen plastic meubels en mevrouw.

De vrouw van de familie met de blauwe Peugeot was de ergste. Zij was zo verknocht aan haar woning, vertelde ze, dat ze nergens anders naar de wc kon dan thuis. Nu woonde ze in een caravan en omdat ze de natuur niet drie weken kon tegenhouden, had ze een toilet bij zich, een chemisch toilet met een gordijn eromheen, dat naast de caravan stond. Iedere ochtend verschanste ze zich achter het gordijn, haar kopje stak er nog even bovenuit, dan verdween het voor een poosje in openbare afzondering. Lekker thuis, op haar eigen wc.

Deze vrouw was zelfs zo huiselijk dat ze aan haar eigen thuiszitten niet voldoende had. Als haar man te lang aan de waterkant bleef, werd hij teruggeroepen: ‘Kees, kom je thuis, ik heb stokbrood!’

Maar van alle vrouwen die van hun huis een levensbestemming hebben gemaakt is er maar één de kampioen: mijn moeder. Aan de kamer die gedaan werd kon je bij ons thuis zien welke dag het was. Ze poetste en zwabberde dat het een aard had en Naar Huis was het doel van ieder uitstapje. Om vier uur ’s middags begon ze de tassen in te pakken en hoe leuk het ook was in de speeltuin, het bos of op het strand, we gingen naar huis.

Ze deed het niet om te plagen, ze kon het niet helpen. Zelfs als ze probeerde ook eens laat thuis te komen om mijn vader mores te leren, mislukte haar wraak doordat ze toch weer zo haastig naar huis terug was gegaan dat ze eerder dan hij arriveerde.

Zíjn uithuizigheid smoorde ze door hem voortdurend koffie en boterhammen te serveren: 'Zie je, schat, je kunt gewoon in je stoel blijven zitten.' Als hij tussen de middag een wandelingetje ging maken, lokte ze hem terug door vast de koekenpan op het vuur te zetten. Hoe eerder hij thuiskwam, hoe minder het gebakken ei naar schoen smaakte.

Mijn vader leeft niet meer en mijn moeder woont alleen met een kat. Overdag slaapt de kat, want zo is zijn natuur, maar 's avonds ging hij graag een eindje om. Dat mocht niet meer. Dan loopt er allemaal schorriemorrie over de daken en je weet maar nooit, vond mijn moeder, dus voortaan mocht de kat alleen nog voor zessen op straat. Daarna gaat het kattenluikje dicht. 'En weet je wat zo gek is?' zei mijn moeder triomfantelijk. 'Hij wil niet eens naar buiten, hij heeft er helemaal geen behoefte aan.' Ze wees op het vadsige hoopje haren op haar schoot. 'Zie je wel, hij táált er niet naar.'

Spelen

De man is er de laatste jaren erg op vooruitgegaan. Vroeger was de man een meneer. Het leek of iedere leuke jongen zijn best deed zo snel mogelijk een meneer te worden. Je had verschillende soorten meneren, maar het ergst was het type met de pijp en de zekerheden. 'Laat dat maar aan mij over, kindje,' zei hij en begon aan een lange uiteenzetting over iets waarvan hij meende veel verstand te hebben.

Voor vrouwen zijn meneren een plaag. Ze zijn bewerkelijk in hun levensonderhoud en meestal niet erg dankbaar. Het is dan ook aan de vrouwenbeweging te danken dat de aanwas van meneren zo sterk is teruggedrongen. Een licht geval van meneer zie je nog steeds: dat zijn mannen die na hun dertigste een buikje ontwikkelen en in bed alleen nog maar bruikbaar zijn als kruik.

De moderne man is geen meneer maar een jongen. Als je aan een moderne man vraagt hoe hij zichzelf noemt, zegt hij na enige aarzeling: 'Weet ik veel, eh jongen, of nee, ik ben geloof ik wel een man.' En zoals je van een jongen mag verwachten, speelt hij. Spelen is een typisch mannelijke eigenschap, vrouwen kunnen het niet. Vrouwen pakken alles serieus aan. Dat begint al op jeugdige leeftijd. Als een meisje met poppen speelt, bereidt ze zich voor op haar moederrol en zelfs als ze touwtjespringt of kringspelletjes doet, zingt ze er liedjes bij die over huwelijkskeuze gaan. 'Groen is gras, groen is gras onder mijne voeten' eindigt met 'o mijn lieve Augustijn, deze dame zal het zijn' en 'in spin de bocht gaat in' heeft ook een passage waarin het springende kind een partner kiest: 'Loesje, Loesje, je bent mijn vrouw, nooit van mijn leven verlaat ik jou, dag mevrouw!' En bij die woorden gaat de bocht weer uit.

Tegen de tijd dat kleine meisjes groot zijn, weten ze precies wat het leven hun brengen zal en van spelen hebben ze hun bekomst.

Spelen is mannenwerk. Bijna alle mannen doen iets voor hun lol dat nergens toe dient. Ze vissen, biljarten of klaverjassen. Vrouwen klaverjassen soms ook, maar hoe veel doen dat onafhankelijk van hun echtgenoot? Hoe veel vrouwen zeggen 's avonds: 'Blijf jij maar naar de televisiequiz kijken, ik ga kaarten'? Ik ken mannen die voor de lol naar Schiphol gaan om aan de kant van de weg naar het komen en gaan van de vliegtuigen te kijken. Ze maken notities en hebben een reuzeplezier. Hun echtgenotes staan er soms naast en je ziet ze denken: Het is dat we anders niks meer samen doen, maar van mij hoeft het niet, die vliegtuigen. Ze snappen de lol niet, ze zien de droom achter de notities niet schemeren, de droom die haar man heeft: dat hij zelf piloot was en met een Boeing 2000 naar het eind van de wereld vloog. Piloot, dat worden maar weinig mannen, maar er zijn genoeg manieren om toch nog een beetje piloot te zijn.

De commercie houdt er rekening mee. Mannen die diep in hun hart piloot zijn, kopen auto's met veel knoppen op het dashboard en een snelheidsmeter die een getal ver boven de toegestane snelheidslimiet aanwijst. Ze houden van glazen venstertjes waarachter dunne wijzers iets aangeven dat te meten is voor de man achter het stuur. Het liefst droeg de man die piloot is een koptelefoon in de auto. Er bestaan ook horloges voor piloten. Je kunt erop aflezen hoe laat het op de Noordpool is, wanneer het volle maan is in Tokio en onder de wijzerplaat zit nog een kompas. Ik ken een man die er zo een heeft. Hij werkt in een kantoortuin en af en toe zien de collega's dat hij zijn horloge openklapt om te kijken of het noorden er nog is.

Behalve piloot willen mannen ook graag ontdekkingsreiziger worden. Ruud is er zo een. Hij heeft een terreinauto met een groot reservewiel achterop waar een wild beest op is afgebeeld. Om de barre kou te trotseren heeft hij een sportieve lichtgewicht jas die geen wind doorlaat en zelfs bij veertig graden onder nul nog warm is. Er horen bergschoenen bij en zo maakt Ruud in het weekend wandelingen in het Gooi, samen met Tobber, de tekkel. Tekkels zijn van nature niet erg gehoorzaam, maar Ruud heeft Tobber afgericht alsof hij ermee de barre bergen in moet. Ik heb hem indertijd aan het werk gezien. 'Tobber, áf!' riep hij dan en wees gebiedend naar de grond. 'Af en blíjf!' En terwijl Ruud om de hoek ging staan doen alsof hij Tobber had verlaten, hurkte het hondje braaf in de Wilhelminastraat, tot Ruud hem met een commando bevrijdde.

Ruud heeft een zoon die dat iets verschrikkelijks vindt. 'Het is maar een tekkel, pa,' zegt hij, 'geen sintbernard.' Als Ruud zich gereedmaakt om met zijn hond en zijn rugzak de wijde Veluwe in te trekken, staat Junior hem minachtend aan te kijken. Hij is geen ontdekkingsreiziger, hij is een filmster. Dat is minder inspannend dan ontdekkingsreiziger en het hoeft niet zo veel geld te kosten als piloot. Hij is Rambo in een leren jack, hij kan lopen als een cowboy of als iemand in een reclame voor sigaretten en hij kan zijn haar zorgvuldig kammen zodat het net lijkt of hij het nooit kamt.

Voor een vrouw is het belangrijk te weten wat voor man ze heeft. Als ze een ontdekkingsreiziger heeft gekozen, kan ze met hem op trektocht gaan of lange wandelingen maken in de regen. Dat vindt een ontdekkingsreiziger leuk. Kanovaren, fietsvakanties en door het jaar heen af en toe een picknick of een uitstapje naar een natuurhistorisch museum. Een filmster wil niet naar bezienswaardigheden, die wordt liever zelf gezien. Waar filmsterren erg goed in zijn is uitgaan. Een filmster wil graag mooie kleren aan en dan naar een restaurant waar andere filmsterren zitten of naar een party. Daar hoef je bij een ontdekkingsreiziger niet mee aan te komen en bij een piloot al helemaal niet. Met een piloot kan een vrouw niet veel beginnen. Piloten kunnen vriendelijk zijn en aardig om te zien, maar ze willen nooit mee ergens heen. Het liefst zitten ze achter een computer, liggen ze onder een auto of verbouwen ze de badkamer, zodat die maandenlang niet gebruikt kan worden. Piloten houden van sluitingen die nauwelijks hoorbaar 'klik' zeggen, ze zijn dol op garagedeuren die reageren op een elektronisch signaal, apparaatjes voor de racefiets waarop ze de hoogste en de gemiddelde snelheid kunnen aflezen. De meeste vrouwen delen zijn enthousiasme niet. De hele man valt ze tegen. Ze dachten een levensgezel gevonden te hebben, maar eigenlijk lijkt de man nog het meest op zijn eigen computer. Alles zit erop en eraan, denkt de vrouw van een piloot, maar kan ik hem nog ruilen?

De jonge minnaar

Petra is een nieuw leven begonnen en gelijk heeft ze. Zestien jaar lang heeft ze zich op haar kop laten zitten door een man met een moeilijk karakter. 'Hij is gevoelig,' zei Petra altijd, maar die gevoeligheid betrof maar één onderwerp: hemzelf. Als zij hem niet voortdurend inzeepte met aandacht en zorgzaamheid, viel hij uit zijn humeur en verspreidde een afgrijselijke sfeer in huis.

Op een dag kwam Petra erachter dat haar gevoelige echtgenoot al drie jaar een verhouding had met iemand van kantoor. Woedend was ze, beledigd en zelfs heel even radeloos, tot ze besefte welke voordelen de situatie bood. Op een avond waarop hij, meer uit gewoonte dan uit fijngevoeligheid had gezegd dat hij moest overwerken, heeft ze de mand met wasgoed gepakt, zijn vuile kleren in een sloop gepropt en het pakket bij zijn vriendin op de stoep gezet. Na drie keer hard bellen deed de vriendin open.

'Hier heb je zijn sokken, je mag het hele zaakje houden,' zei Petra en ze begon een nieuw leven. Ze deed de helft van de meubels het huis uit, ze zette een advertentie voor een werkster, ze nam een baan en een jonge minnaar.

Zevenentwintig was hij, beeldschoon en stapelgek

op Petra. 'Die heeft de lente in d'r hoofd,' zei Jacqueline, die Petra ook kent, misprijzend. 'Ze denkt zeker dat ze zo'n man kan blijven boeien. Als het nieuwtje eraf is, laat hij haar zó vallen. Kan ze weer opnieuw beginnen.'

Zelf begint Jacqueline iedere maand een nieuw leven. Ze onderneemt van alles maar wordt steeds teleurgesteld. De cursus informatica bleek over computers te gaan, Spelenderwijs Russisch had vier verbuigingen en zes naamvallen en aan de blinkend nieuwe saxofoon van drieduizend gulden waarmee ze de popmuziekwereld ging veroveren, wist ze na uren proberen niet meer muziek te ontlokken dan *pwwwwt*.

Een jonge minnaar had Jacqueline misschien ook maar wat graag willen proberen, maar die kan ze niet krijgen, niet één minnaar trouwens. Over haar vorige vriend had ze eeuwig klachten en toen die haar ten slotte verliet voor iemand die hem niet om zijn oren sloeg met zijn tekortkomingen, voegde Jacqueline aan haar klaagzang toe dat de klootzak haar ook nog had laten zitten.

Inmiddels ging Petra met haar nieuwe liefde naar Nepal en wandelde over de Himalaya. Alle spannende avonturen waar ze vroeger over had staan dromen terwijl ze andijvie kookte, beleefde ze nu in het echt. De vriend was verrukt. Waar vind je een vrouw die ondernemend is, onafhankelijk en die nooit een boodschappenbriefje voor je klaarlegt? In een hogere leeftijdscategorie.

Vroeger waren het de mannen, die als ze drieënveertig werden hun vrouw aan de dijk zetten en zich in de armen lieten vallen van een jonge meid. Tegenwoordig snoepen de vrouwen van de jonge blaadjes. Dat hebben de blaadjes graag, ze zeggen het zelf.

Een vriendin zette een advertentie voor een nieuwe man. Ze had geschreven dat ze een minnaar wilde, geen echtgenoot, een bar- en danstype, geen gekuifde-fuut-liefhebber.

Tientallen brieven kreeg ze daarop, brieven van oude mannen, mannen van middelbare leeftijd, maar ook een stapel brieven van jongens die nog geen dertig waren. Ze verontschuldigden zich voor de natte plekken achter hun oren en schreven dat ze niets liever wilden dan een oudere vriendin. 'Vrouwen van mijn eigen leeftijd boeien me niet,' schreef een zesentwintigjarige.

Petra's vriend vindt dat ook. 'Vrouwen van voor in de twintig willen een man waar ze tegenop kunnen kijken,' zegt hij. 'Daar word ik zo zenuwachtig van. Een vrouw van veertig is blij dat ze haar eigen leven mag besturen.'

Bij de vrolijke liefdesavonturen van vrouwen en hun jeugdige minnaars steekt het getob van de oude kerels met jonge meiden maar treurig af. Ze hadden zich erotische belevenissen van formaat voorgesteld, vrouwtjes van even in de twintig die in vervoering raken onder hun ervaren handen. Maar jonge meisjes zijn nog niet zover. Het is sommigen misschien gegeven spontaan van seks te genieten, maar de meeste vrouwen worden pas later echt wakker, als ze een jaar of dertig zijn.

George is reclametekenaar. Hij is rijk, gul en populair.

Op zijn zevenenveertigste werd hij verliefd op een meisje van drieëntwintig, een slechtgehumeurde schoonheid die steeds nieuwe wensen bedacht die alleen papa George kon vervullen. In plaats van dankbaarheid te tonen voor alles wat George voor haar deed, werd het loeder steeds gemener en op een dag verscheurde zij zijn tekeningen. George gaf haar een hengst voor haar perzikwangetje. Het meisje brulde wraak en rende naar de politie. Een week later kon George nog net voorkomen dat zij afbijtmiddel over zijn nieuwe auto kieperde omdat hij haar niet mee wilde nemen naar een zakendiner. Toen heeft hij haar in een oud gordijn gerold, vastgebonden met touwen en de politie gebeld: 'Kom haar halen, want ik doe haar wat aan!'

Ook als de verhouding met de jongere partner lang duurt, zijn vrouwen beter af. Als de man drieënzestig is en zijn vriendin drieënveertig, is hij moe en neemt zij een jonge man. Is zij drieënzestig en hij drieënveertig, dan stort hij zich in een potsierlijke romance met een kuikentje. Zij glimlacht, belt het reisbureau en gaat op een cruise. Terwijl de zon oranjegloeiend ondergaat in de tropennacht, neemt ze een teugje van haar Singapore Sling en kijkt terug op een welbesteed liefdeleven.

Vriendinnen

Corrie Gort was mijn vriendin. Ze had steil haar en angstogen, want haar ouders lagen in scheiding en vochten om de hegemonie over haar, hun enig kind. Op een dag werd ze opgehaald door de kinderbescherming, ze kwam niet meer terug op school. Ik vond het heel erg dat ze weg was, want zonder haar was ik omringd door vijanden. In onze klas regeerde Sientje.

Sientje had altijd een zwerm meisjes om zich heen die ademloos naar haar luisterden. Sientje was de eerste die met een petticoat op school kwam, Sientje mocht mij niet.

Corrie was de enige die met me wilde spelen. We tekenden ogen en een neus op de kartonnen kokertjes van closetrollen, knipten er een mond in en voerden onze baby's papiersnippers. Of we deden net of we kwaad op elkaar waren en wie het eerst begon te huilen had verloren.

Later, op de middelbare school, had ik Helen. We luisterden naar de Engelse piratenzenders, we rookten sigaretten en vertelden elkaar geheimen. Soms had Helen verkering. Dan zag ik haar niet in de weekenden en wachtte ik, tot op een dag de jongen met wie ze ging naar mij toe kwam om over Helen te praten. Dat was altijd een teken dat de verkering spoedig uit zou zijn en Helen weer beschikbaar was.

Ik vond het heel gewoon dat onze vriendschap geschorst werd zolang er een jongen in het spel was. Zo ging het met alle meisjesvriendschappen en zo gaat het nog, ondanks de vrouwenbeweging, die zo lyrisch spreekt over de kameraadschap tussen vrouwen.

'Voor mij zijn vriendinnen een levensbehoefte,' zei een vriendin van mij. Ze vertelde over een reis die ze had gemaakt met twee vrouwen. Ze hadden zich slap gelachen met z'n drieën, ze waren samen dronken geworden en 's avonds op de hotelkamer hadden ze over allerlei belangrijke onderwerpen gefilosofeerd. Maar na een week arriveerde de minnaar van een van hen en was het uit met de pret.

'Vrouwen hebben het onderling veel leuker dan met mannen,' besloot ze.

Ik vond dat het verhaal ook iets heel anders illustreerde: dat vrouwen hun vriendschappen zo weinig serieus nemen, dat het heel gewoon is dat een minnaar of een kind hen komt storen.

Lillian Rubin, de Amerikaanse Iteke Weeda, denkt dat het komt doordat vriendschappen te weinig omkleed zijn met rituelen. Met een verloofde wissel je ringen uit, met een echtgenoot vier je je vijfentwintigjarige bruiloft, maar een vriendin kun je jaren hebben, zonder dat iemand je feliciteert met de duurzaamheid van de relatie.

Eigenlijk moet ik er niet aan denken dat ik vriendschapsjaren zou moeten tellen. Want het begint met een onschuldige taart met kaarsjes, maar voor je het weet moet je verantwoording afleggen over andere vriendinnen met wie je ook plezier hebt en intieme gesprekken voert. Ik heb een heleboel vriendinnen en het merendeel kan elkaar niet uitstaan. Als ik een feest geef is dat weleens lastig, maar verder trek ik me er niets van aan. Ik ben juist blij dat niemand van mij verwacht dat ik een volgorde aangeef van wie de beste vriendin is en wie me daarna het meest aan het hart ligt.

Ik heb trouwens wel een Beste Vriendin, ze heet Sheila en ze woont in Nieuw Vennep. Ik zie haar nooit. Dat ligt voor een groot deel aan Nieuw Vennep, daar ga je niet zomaar heen, zeker niet voor je plezier, zelfs niet als je beste vriendin daar woont. Maar het heeft ook te maken met de vriendschap.

Ooit was Sheila de belangrijkste persoon in mijn leven. We bespraken alles met elkaar, onze jeugd, onze liefdes, onze plannen, want we studeerden psychologie en dan kun je niet genoeg krijgen van levensgeschiedenis. Behalve serieuze gesprekken hadden we ook onbedaarlijke lol. Met Sheila kon je lachen.

Toen we afgestudeerd waren, gingen onze wegen uiteen, maar in mijn herinnering blijft zij de liefste, mijn beste vriendin.

Ik heb er wel over nagedacht waarom wij elkaar nooit meer zien: Sheila en ik konden zo goed praten, dat de rest van de wereld overbodig werd. Als ik ruzie had met mijn minnaar, praatte ik er niet met hem over maar met haar. Nog even en we konden het leven helemaal op het droge leiden. Als Sheila en ik niet uit elkaar waren gegaan, zaten we vermoedelijk nu nog te filosoferen. Dat overkomt meer vriendinnen. Alle aspecten van het leven vertellen ze aan elkaar, hun lichamelijke huishouding, hun emoties en belevenissen. Buiten wacht de wereld, maar de vriendinnen hebben het druk, ze moeten nog telefoneren.

'Ik moet zaterdag met John naar de balletuitvoering van zijn dochter.'

'Alweer? Je was toch pas meegeweest naar zoiets?'

'Dat was de voetbalwedstrijd van zijn zoon.'

'Ik bewonder je hoor, steeds met die kinderen van hem in de weer.'

'Nou, het valt ook niet altijd mee. Heb ik je verteld wat er in de herfstvakantie gebeurde?'

En dan vertelt ze over de verschrikkelijke herfstvakantie waarin de kinderen elkaar voortdurend in de haren vlogen, niets lustten van wat zij klaarmaakte en hoe John in plaats van solidariteit alleen kritiek gaf. Geen detail slaat ze over, de gesprekken geeft ze woordelijk weer: 'En ik zeg, en hij zegt.'

Zo praten vriendinnen.

Aan het eind van het relaas geeft de andere vrouw haar mening: die kinderen zijn onopgevoede mormels, dat ligt aan dat wijf, je moet die vent eens de waarheid zeggen, waarom laat je hem niet eens goed voelen hoe hard hij jou nodig heeft.

Het zal er niet van komen. Telefoneren met een vriendin helpt zo goed, dat alle woede en teleurstelling verdwijnen. Tegen de tijd dat John thuiskomt, zit zijn geliefde allang weer klaar met een lekker kopje thee. Ze glimlacht tegen hem en denkt: hij valt best mee.

Sport

Mijn moeder heeft het heel erg en mijn zuster iets minder: dinges. Als ze iets dringends willen mededelen, zeggen ze alleen de trefwoorden en alles waarvan ze aannemen dat je wel weet wat ze bedoelen, duiden ze aan met dinges. Of met je-weet-wel. Het ergste is, dat ik het inderdaad weet.

'Hoe heet het?' begint mijn moeder en ik zeg: 'Het Midden-Oosten?' 'Ja!' zegt ze opgelucht, want daar wilde ze iets over zeggen. Ze leest de krant zorgvuldig en als ze hem uit heeft, belt ze op.

Mijn zuster heeft, behalve dinges, nog: 'Zeg weet jij... o nee, laat maar.' Daarmee haalt ze de mensen in haar omgeving uit hun concentratie. Dat schijnt een veel voorkomende vrouwenziekte te zijn. Mannen roepen ook weleens plotseling iets, maar dat is meestal tegen de televisie, als commentaar op een voetbalwedstrijd. 'Kijk nou toch, jééézes!!' brult een man en als je toesnelt om te kijken, is er niks te zien of alleen een herhaling in slow motion van iets wat je niet naar waarde weet te schatten.

Ik heb geen verstand van sport. Mijn moeder wel. Als mijn moeder opbelt en 'Hoe heet het' zegt, gebeurt het soms dat ik het niet weet, want dan bedoelt ze een tennisvedette of een voetballer. Er zijn niet veel vrouwen die van sport houden en er zijn er bijzonder veel die er zelfs een hekel aan hebben. Toch leven ze onbekommerd met mannen voor wie sport het middelpunt van hun bestaan is. Als het wielerseizoen is begonnen of als er een belangrijke serie voetbalwedstrijden is, zitten die mannen urenlang voor de televisie, terwijl hun vrouw probeert in de herrie een boek te lezen.

Ik ken een vrouw die al jaren lijdt onder een voetbalfanaat. 'Hij praat nooit gewoon met me, hij zit voor de televisie en praat met de commentator van het sportprogramma. Het klinkt of hij iets tegen mij zegt, maar als ik antwoord geef, kijkt hij verbaasd op.'

'Waarom ga je niet naar het café op voetbalavonden, of naar de bioscoop?' heb ik haar eens gevraagd. 'Je hoeft toch niet thuis te blijven zitten?'

'Maar ik wóón daar!' zei ze. Die vrouw is niet te helpen.

Een vriendin van mij heeft het beter aangepakt. Toen ze trouwde, heeft ze haar man een koptelefoon cadeau gedaan. Ze wist wat voor man ze in huis haalde. Hij houdt zoveel van sport, dat hij zelfs naar zwemwedstrijden kijkt. Als het sportprogramma begint, zet hij uit zichzelf de koptelefoon op en blijft onbeweeglijk zitten. 'Voor mensen die langskomen is het misschien een raar gezicht,' zegt mijn vriendin, 'vooral als er voetbalkampioenschappen zijn of de Tour de France. Dan zit hij zomaar drie weken op die stoel. Het is dan net of ik een grote begonia in huis heb in plaats van een man. Ik geef hem te eten en te drinken en hij staat een beetje in de weg. En als er Olympische Spelen worden gehouden en er 's nachts ook uitzendingen zijn, is ons liefdeleven een poosje opgeheven. Maar dat geeft niet. Aan mijn man mist een vrouw niet veel.'

Naar voetbal kijken is het leukst als je het zelf gedaan hebt; dan begrijp je het voetbalgevoel, dan weet je welke pass briljant was, welk doelpunt een kunstwerk. De meeste vrouwen hebben nooit gevoetbald, dus vinden ze er overwegend niks aan. Maar Nederland zou Nederland niet zijn als we niet voor iedere groepering die iets mist een reparatiewerkgroep hadden. Twee leraren hebben ooit een bijscholingscursus voor vrouwen bedacht, een cursus Voetbal Kijken. Het kwam doordat de vrouw van een van hen het zo ongezellig vond als haar man naar de wereldkampioenschappen op de televisie keek.

'Ik snap niet wat er leuk aan is, aan dat voetbal,' zei ze. Zoiets moet je nooit tegen een leraar zeggen, want dan slaat hij aan het uitleggen, net zo lang tot de stof erin zit. De twee leraren hebben een lesprogramma ontworpen, waarin de spelregels van het voetbal worden verklaard en het doel van het spel, zodat vrouwen die de cursus met vrucht hebben gevolgd, in ieder geval iets zien als ze naar een wedstrijd kijken.

Er zijn ongetwijfeld gegadigden geweest voor de cursus. Vrouwen trappen overal in. Toen de denksommen van de lagere school vervangen werden door Nieuw Rekenen, gingen moeders op bijles om te kunnen assisteren bij het huiswerk. Als hun kinderen op de middelbare school zitten, lezen ze de boeken van de boekenlijst.

Ik maak me sterk dat heel wat vrouwen het nieuws bijhouden, niet omdat ze vinden dat ze op de hoogte moeten zijn van wat er in de wereld gebeurt, maar om de gesprekken om hen heen te kunnen volgen. Zelfs in vrouwenhuizen worden cursussen gegeven, terwijl je toch zou denken dat daar eindelijk paal en perk wordt gesteld aan de bereidwilligheid van vrouwen om een beter mens te worden.

Op de driezitsbank, naast hun echtgenoot, zitten vrouwen zich een hele voetbalwedstrijd lang, inclusief de nabespreking, hartstikke dood te vervelen. Het komt niet in ze op iets anders te gaan doen.

Misschien zouden ze moeten leren met andere ogen naar sport te kijken, niet om de spelregels te leren, maar met een stil genot. Tweeëntwintig jonge mannen met prachtige benen dartelen over het scherm. Vrouwen zijn meestal op hun mooist als ze op een meubelstuk gedrapeerd liggen, mannen wekken pas begeerte als ze ingespannen aan het werk zijn. Er wordt vaak gezegd dat vrouwen op een andere manier naar erotiek kijken dan mannen en misschien is dat ook wel zo. Ik zou bijvoorbeeld graag eens een erotische foto zien van een naakte man die ruggelings onder zijn auto ligt om iets aan het chassis te repareren. Of van een glazenwasser die met een voet op het raamkozijn balanceert en met de andere op zijn ladder. Een mooie glazenwasser moet het zijn en de foto is van achteren genomen.

Maar voetballers op de televisie zijn ook heel mooi. Van de spannende momenten zien we een vertraagde herhaling, zodat geen wervelende beweging van hun gespierde lichamen verloren gaat. Alleen die lelijke kleren die ze dragen vind ik jammer van het uitzicht. Mogen die uit?

Lichaamstaal

Links heb ik min driekwart, rechts heb ik niets. Ik hoef geen bril te dragen, al hinkel ik misschien een beetje als ik kijk. Toch zie ik niet goed.

'Zag je die vent?' vraagt mijn metgezel. 'Hij had een vuilniszak aan, een hoed met veren op en hij liep op klompen.'

Nee, die heb ik niet gezien. Al komt Sinterklaas voorbijgegaloppeerd, mijn ogen melden niets opvallends.

Buiten in de natuur is het op z'n ergst. Ik doe mijn uiterste best te genieten. Kijk, een eik, denk ik en concentreer me uit alle macht op de vorm van de bladeren, op paddestoelen, beukennoten en vogels. Dat hou ik tien minuten vol, dan stijgt het echte plezier in de wandeling in me op en geef ik me over aan dagdromen. Verdoofd en verblind loop ik door het bos en ik arriveer uren later bij het pannenkoekenhuis. Niks gezien.

Als mijn gedachten nu interessant zouden zijn, maar dat zijn ze niet. Ik heb eens langs het Merwedekanaal gelopen waar een prachtige winterzon op scheen. Jajem, jajem, jajem moet er zijn, zong het in mijn hoofd en een paar kilometer verderop had ik uitgerekend dat vijf februari op een donderdag zou vallen.

Met mensen heb ik dat ook. Ik zie niet eens of iemand een bril op heeft of een snor draagt. Nu is het zo dat in sommige kringen iedereen een snor draagt en in andere niemand, dus een echt kenmerk is het niet. Op een receptie heb ik eens geteld dat zeker veertig van de zestig mannen een snor droegen en een bril met van die schuine glazen. Hun conversatie vertoonde onderling ook weinig verschil, dus maakte het niet echt uit of ik wist met wie ik stond te praten.

Soms is het wel gênant dat ik zo slecht kijk. In winkels vergeet ik door wie ik word geholpen, ik kan de drie tandartsen van de groepspraktijk niet uit elkaar houden en ik stel me steeds aan oude bekenden voor.

Maar er is één ding waar ik een scherp oog voor heb: lichaamstaal. Ik mag de ene dame op pumps niet van de andere weten te onderscheiden, ik weet precies wat ze bedoelt als ze in haar tasje begint te rommelen: ze zoekt de uitgang. Mannen die willen ontsnappen, hebben geen tasje, die laten een voet op en neer wippen of wrijven over hun horloge. Een vriend van mij beweert dat ze ook beginnen te snuiven.

In de liefde schijnt ook een hele grammatica te bestaan van gebaren, lichaamshouding en mimiek. Damestijdschriften zijn er dol op. 'Hoe slaapt u samen?' staat boven het artikel. Aan de hand van tekeningen kun je zien wat de mogelijkheden zijn. Het mooiste is als je dicht omstrengeld met de gezichten naar elkander toe gekeerd de nacht doorbrengt. Ik zou op die manier geen oog dichtdoen, maar er is een aanvaardbaar alternatief dat ook veel punten oplevert: de lepeltjeshouding, met de knieën van de een in de knieholten van de ander. Als je je in de loop van de nacht ook nog tegelijk omdraait, is de harmonie een uitgemaakte zaak. De meeste liefdesparen houden het niet vol. Hij ligt liever op zijn rug, dan kan hij harder snurken, zij kan alleen op haar rechterzij in slaap komen. Na verloop van tijd liggen zelfs de meest eensgezinde echtparen het liefst los, ook al vinden de damesbladen dat bedenkelijk.

Bij de verovering van andermans hart hoort ook lichaamstaal. Ik heb vroeger op de psychologenschool geleerd dat een man die seksuele aandrang voelt met zijn benen wijd gaat zitten en dat een dame die daar geen animo voor heeft haar armen voor haar borst kruist en dat ze zich, als ze wel interesse heeft, vooroverbuigt. Dat van die wijde benen heb ik nooit geloofd. Alleen hockeytypes doen dat, mannen met een ribfluwelen wijde broek, maar dat ligt meer aan die broek dan aan de inhoud.

Wat mannen wel doen, is fluiten. Als er een vrouw passeert die op een of andere manier hun seksuele belangstelling wekt, fluiten ze even, niet naar die vrouw, maar gewoon zachtjes voor zich uit. Neuriën mag ook.

Mannen zonder muzikale aanleg hebben ook een herkenbare reactie: ze doen iets ongerijmds, ineens hun sleutels zoeken, op hun horloge kijken, naar hun binnenzak tasten. Overspronggedrag heet dat in de biologie en het treedt op als een dier niet kan kiezen tussen eropaf en ervandoor.

Vrouwen doen trouwens ook gek als er plotseling een man in beeld komt. Hij hoeft zich niet te vertonen, het hoeft niet eens zeker een man te zijn. Heel wat vrouwen gaan aan hun haar frunniken als de telefoon gaat.

De duidelijkste taal spreken de ogen, dat weet iedereen. De ogen van iemand die bang is schieten schichtig heen en weer, boze ogen staan donker onder een frons. Psychologen zeggen dat de pupillen wijder worden wanneer er een verandering van emotie optreedt. Zo zou je feilloos kunnen zien of iemand liegt of wanneer een opmerking die je maakt, doel treft.

Van een man die bingoavonden opluistert met conferences en liedjes hoorde ik dat ogenwerk essentieel is in zijn vak. 'Je moet je ogen laten flonkeren,' zei hij, 'als je dat niet doet, reageert de zaal niet.' Ik ben erop gaan letten en het blijkt het geheime wapen van iedere televisieomroeper, van iedere quizmaster te zijn. Heel Hilversum flonkert. Adriaan van Dis flonkert intelligente vragen, Sonja Barend flonkert een goed gesprek, Jos Brink flonkert nog een beetje na.

Als je iemands liefde op wilt wekken, is het dus raadzaam te flonkeren. Hoe langer de ander terugflonkert, hoe zekerder je kunt zijn van succes. Het is een beproefde methode, maar er is een nadeel. Na verloop van tijd, als je al zin krijgt om op je rug te slapen, wil het flonkeren er ook niet meer zo van komen. Daar ziet de ander aan dat de liefde begint te tanen.

'Hou je niet meer van me?' vraagt ze. 'Tuurlijk wel,' liegt hij voor het gemak, maar ze ziet zijn pupillen wijder worden. Teleurgesteld wendt ze haar uitgebluste blik af.

Symposium

Het gebeurde me drie keer op één dag: ik was op zoek naar iemand die me wat meer kon vertellen over anorexia nervosa. Ik belde achtereenvolgens een sociotherapeut, een voedingsdeskundige en een psychiater, maar alle drie waren ze weg, naar een symposium.

Nu zou het heel logisch zijn als ze met z'n drieën naar hetzelfde symposium waren, maar zo was het niet. Ze waren naar drie verschillende symposia.

Het miechelt in Nederland van de symposia. Er zijn droge, die over saaie onderwerpen gaan als economie en organisatiekunde, er zijn ook spannende die over seks en geweld gaan. Die worden het drukst bezocht. Schrijf een seminar uit over incest of kindermishandeling en de zalen lopen vol. Maar ook minder populaire onderwerpen trekken een ruim publiek.

Op iedere werkdag zitten duizenden dokters, verpleegkundigen, hoofden van dienst, managers, coördinatoren, directeuren en mindere medewerkers in vakantie-conferentieoorden te luisteren naar een toespraak over werkzaamheden die ze zonder die toespraak ook uitstekend zouden kunnen verrichten. Ze gaan dan ook niet naar het congres om ervan te leren maar voor het intermenselijk contact.

Nergens vind je zoveel gelijkgestemden als op een symposium en niemand heeft zijn verloofde bij zich, dus zijn de mogelijkheden onbegrensd.

De meeste congressen duren drie dagen, net lang genoeg voor een amourette met een vleugje diepgang. De regels zijn streng: zeuren over een echtgenoot die je niet begrijpt mag niet en gedurende het congres met meer dan één persoon verkeren ook niet. Het is de bedoeling dat je samen dineert, samen over het symposium discussieert en samen spijbelt.

'Zullen we die lezing over de historische achtergronden vanmiddag maar overslaan?'

'Hè ja, gezellig!'

Na het symposium is de romance afgelopen. Zo hoort het. Maar er zijn mensen die het wezen van het symposium niet begrijpen. Die willen adressen uitwisselen en elkaar naderhand nog eens bellen.

Ik ken een man die maandenlang achtervolgd is door een dame die dacht dat ze de ware gevonden had. Het begon allemaal zo romantisch. Zij was de mooiste vrouw van het symposium, toevallig logeerden ze in hetzelfde hotel in aangrenzende kamers, niemand miste hen tijdens de lezingen en de drie congresdagen leken wel drie maanden van liefde en hartstocht. Dat was leuk, dacht de man en neuriede zachtjes op de terugweg naar zijn gezin in Almelo. Méér, méér, dacht de vrouw en vroeg de adressenlijst op bij de organisatie. Na een week arriveerde er een brief in Almelo, daarna nog een en toen de man niet reageerde, viel er een grote ansichtkaart in de brievenbus: 'Liefste Peter, dankjewel voor de onvergetelijke nachten, je Miranda,' stond erop.

Zijn vrouw was woedend. 'Wie is die slet?' schreeuwde ze.

'Het heeft niets te betekenen,' zei de man zwakjes en beloofde een brief te schrijven waarin hij duidelijk zou maken dat wat hem betreft de relatie afgelopen was.

'Lieve Miranda,' schreef hij, 'wat wij samen hebben beleefd heeft enorm veel voor me betekend en ik zal je nooit vergeten, maar ik kan niet anders en moet wel voor mijn gezin kiezen. Ik kan het mijn vrouw en kinderen niet aandoen hen in de steek te laten. Ik zal altijd aan je denken, Peter.'

Binnen drie dagen kreeg hij zijn brief terug, via de fax op kantoor en ook nog via de reguliere post, in een envelop die aan zijn vrouw was geadresseerd. Vanaf dat moment had de man geen leven meer. Thuis keek zijn vrouw hem met ijskoude blikken aan, de kinderen wilden niet meer met papa praten en op kantoor werd door het voltallige personeel achter zijn rug gegiecheld. Alleen de directeur van de firma vond de escapade niet koddig. Die zag om naar een nieuwe functionaris.

Dit is natuurlijk een tragisch verhaal, maar ik moest er erg om lachen. Vooral die wraak met de fax vond ik een vondst. Vroeger moest een verguisde minnaar of een bedrogen echtgenoot een geweer kopen, een afgewezen vrouw nam haar toevlucht tot vergif. Dat is allemaal ouderwets geworden. In de meeste bedrijven staat wel een fax en in sommige huishoudens tegenwoordig ook. Niemand hoeft de scherven van zijn hart nog ongewroken te laten. Faxen staat vrij.

De moderne telefoon heeft ook een voorziening waar echtbrekers maar beter rekening mee kunnen houden: de redial. Als je op het knopje van de redial drukt, draait het toestel automatisch het laatst gekozen nummer. Stiekem even bellen als je vrouw de kamer uit is, is dus niet verstandig. Een vrouw die vermoedde dat haar man er een schaduwrelatie op na hield, heeft op die manier ontdekt wie haar rivale was. Haar man zat erbij toen ze de bom liet ontploffen. Ze was die avond naar een vergadering geweest. Met haar jas nog aan liep ze naar de telefoon en drukte op de herhalingstoets. Zwijgend overhandigde ze de hoorn aan haar ontrouwe echtgenoot. Hij hoefde niets meer uit te leggen.

De krant is ook een goede plaats om je diepste gevoelens in te vertolken. De advertentiepagina's staan vol hartenkreten: 'Carlos, ik heb je lief! Sonja.' 'Ik zag je in café Sport. Wie ben je, droomvrouw met je crèmekleurige regenmantel en mahoniebruine krullen?' 'Marta, zullen we maar weer?'

Als ik ooit een diepe geheime liefde opvat voor een verboden vrucht, weet ik zeker dat ik het ook in de krant laat zetten. Daar staat het voor iedereen te zien: 'Arnold, ik hou van jou! Yvonne.' Wat een opluchting om dat eindelijk eens uit te kunnen spreken.

Wie zegt dat onze tijdgeest zo zakelijk is? Overal schuilen emoties. Uit het diepst van onze ziel klinken onze advertenties, we houden symposia voor de seks en faxen onze wraak. Dit is de tijd van de mediaromantiek.

Sleur

De natuur is een slechte moeder. Om een soort in stand te houden, verschaft ze niet meer dan het hoogstnoodzakelijke. Moeflons moeten het doen met een maand bronst, vogels krijgen een seizoen en apen apenliefde. Voor de mens vindt de natuur een jaar of twee wel voldoende. Dat is de tijd waarin twee mensen elkaars onweerstaanbare aantrekkingskracht moeten ondekken, een liefdesrelatie beginnen en een kind krijgen. De natuur weet niks van voorbehoedmiddelen.

Aan een ware Jakob heeft ze ook al geen boodschap. Twee jaar krijgt een paar toegemeten en daarmee basta. Eerst merken de liefdespartners nog niet dat de natuur haar handen van hen heeft afgetrokken. Ze houden evenveel van elkaar als tevoren, maar allengs verandert er iets. Als zij hem onderweg een arm geeft, is dat niet meer omdat ze iedere seconde dat ze elkaar niet aanraken als een verloren seconde beschouwt, maar omdat ze verkeerde schoenen aan heeft. Hij overweegt weer eens te gaan biljarten.

Ik heb eens een verontrustend artikel in een tijdschrift gelezen: 'Doe het eerste jaar van je romance iedere keer dat je met elkaar naar bed gaat een boon in een pot. Neem na dat eerste jaar voor iedere keer dat je vrijt een boon uit de pot. Die pot komt nooit leeg.' Ik denk dat het waar is. Tegen de tijd dat liefdespartners niet meer spontaan trek hebben in een tongzoen, zijn de hormonale wittebroodsweken voorbij en moeten ze hun romance op eigen kracht spannend zien te houden. Dat is moeilijk, vooral in bed.

Omdat mensen die vaak met elkaar naar bed zijn geweest precies weten welke aanrakingen effect sorteren, doen ze alleen nog die. Het resultaat is een muziekcassette met enkel hoogtepunten. Die draai je na verloop van tijd niet meer. 'Onze liefde is een sleur geworden,' hoorde ik iemand op de radio zeggen. Het was een informatief programma en het onderwerp was de eeuwige liefde. Luisteraars konden opbellen en suggesties doen om slijtage in relaties te voorkomen of te repareren.

De meest voorkomende raad was praten. Een goed gesprek, vonden de luisteraars, deed wonderen. Ik was het niet met ze eens. Wanneer zou je zo'n gesprek moeten voeren? In bed soms?

'Jaap, we moeten praten.' Met de meeste mannen heb je meteen ruzie als je zo begint.

Praten over seks met je eigen minnaar is een hachelijke zaak. De ander luistert met argwaan: doe ik het niet goed genoeg? En al wordt het een opgewekt gesprek, dan nog geeft het een raar gevoel als je diezelfde avond in elkaars armen ligt. Het is alsof je een forel krijgt opgediend die je zelf in het aquarium hebt mogen aanwijzen. Daar heb je hem, denk je.

Er waren nog meer raadgevingen, maar die gingen

allemaal over zwoel ondergoed, kaarslicht en oesters. Het is niet iedereen gegeven geregeld champagne en kaviaar te serveren en het lijkt me ook nogal tijdrovend. Wanneer moet dat? In het weekend? Ieder weekend? Moeten de kinderen eerst naar bed?

Ik denk dat het veel eenvoudiger kan: met wellevendheid.

Het geheim van verliefdheid is dat twee mensen elkaar heel bijzonder vinden. Tegen de tijd dat de verliefdheid heeft plaatsgemaakt voor echte Liefde, vinden ze elkaar doodgewoon. De eerste maanden voeren ze elkaar exquise hapjes, later is het: 'Moet jij een frikadel?' Het is verbazend hoe onbeleefd ze tegen elkaar worden.

Ik herinner me hoe mijn ouders uit wandelen gingen. Mijn vader liep een paar meter voor mijn moeder uit en zij sukkelde er op een drafje achteraan. De enige hoop om hem bij te benen was dat een etalage zijn aandacht trok, zodat hij even bleef staan. Binnenshuis was hij wel galant. 'Zal ik een sinaasappeltje voor je schillen?' bood hij haar aan, maar nu was het mijn moeders beurt om zich als een hork te gedragen: 'Rot op met je si-naas-ap-pel-tje,' hoonde ze. Toen mijn ouders ouder werden en mijn moeder invalide, wandelden ze niet meer. Ze gingen met de auto en als mijn vader een sinaasappel at, gaf hij mijn moeder de helft. Het huwelijk beleefde zijn beste jaren.

In bed is het nog veel belangrijker om wellevend tegen elkaar te zijn. Ook al heb je talloze keren met iemand verkeerd, dan nog moet je net doen alsof het de eerste keer is. Ik word woedend als een minnaar me vastpakt alsof hij op zijn fiets stapt. Ik denk dat vrouwen daarom ook zo kwaad worden als iemand ze een klap op hun bil geeft. Blijf af, plurk! denkt ze, ook al is die man haar eigen echtgenoot.

Maar vrouwen zijn ook onbeleefd. Ze lachen hun man uit in gezelschap, ze spotten met zijn geslachtsdelen, ze honen hem om zijn mannelijkheid. Daar kan hij wel tegen, denken ze, hij is toch zo stoer? Maar dat is hij helemaal niet, een man krimpt niet alleen geestelijk in elkaar wanneer zijn vrouw hem beschimpt.

Seks is geen zak patat. Ik vind dat mensen elkaar hoffelijk tegemoet moeten treden. Als je met iemand naar bed wilt, moet je diegene beleefd uitnodigen, ook al ken je elkaar al twintig jaar. En na afloop geef je een zoen: dank u wel voor het orgasme.